光文社文庫

長編時代小説

おぼろ舟

隅田川御用帳㈤

藤原緋沙子

光　文　社

※本書は、二〇〇三年九月に
廣済堂文庫より刊行された
『おぼろ舟　隅田川御用帳〈五〉』を、
文字を大きくしたうえで、
さらに著者が大幅に加筆したものです。

目次

伝通院
小石川
白山
神明宮
中山道
駒込
水戸徳川家
春日町
水道橋
御林
千駄木
駒込追分
加賀前田家
道灌山
本郷
霊雲寺
湯島聖堂
日暮里
湯島天神
神田大明神
不忍池
池之端仲町
弁天
妻恋坂
築山藩の上屋敷
根岸
谷中本村
東叡山寛永寺
下谷広小路
外神田
下谷金杉町
御徒町
下谷の御徒組屋敷
下谷山崎町
三味線堀
広徳寺
向柳原
下谷竜泉寺町
幡随院
阿部川町
新吉原
千住大橋
御蔵前片町
新堀川
新旅籠町
東本願寺
日本堤
御蔵前通り
御蔵前
御米蔵
浅草寺
小塚原
首尾の松
浅草広小路
田原町
三間町
御厩河岸之渡し
諏訪町
山谷町
新鳥越町
駒形町
並木町
雷門
新鳥越橋
浅草駒形堂
花川戸町
山谷堀
聖天町
吾妻橋
竹町之渡し
今戸橋
今戸町
白鬚之渡し
隅田川
源森橋
竹屋之渡し
中之郷瓦町
源森川
小梅村
向島墨堤
三囲稲荷
長命寺
木母寺
隅田村
北割下水
須崎村
寺島村
恩寺橋
業平橋
小梅村
天神橋
押上村
十間川
亀戸天神

『隅田川御用帳』の世界
番町
半蔵御門
田安御門
西之御丸
虎之御門
新シ橋
外桜田御門
雉子橋御門
和田倉御門
江戸城
一橋御門
猿楽町
幸橋
土橋
南町奉行所
北町奉行所
富士見坂
神田橋御門
数寄屋橋
御門
呉服橋御門
常盤橋御門
←至高輪
汐留橋
濱御殿
水谷町
竜閑橋
鍛冶町
昌平橋
平永町
京橋
数寄屋町
木挽町
今川橋
伊沢道場
築地の浴恩園
西本願寺
平松町
日本橋
室町
岩本町
内神田
楓川
本船町
大伝馬町
小伝馬町
佐久間河岸
神田川
八丁堀
弾正橋
海賊橋
江戸橋
亀井町
通油町
柳原通
水谷町
組屋敷
八丁堀
坂本町
馬喰町
中之橋
長谷川町
富沢町
通塩町
横山町
神田佐久間町
日本橋川
汐見橋
浅草橋
稲荷橋
栄橋
両国広小路
米沢町
船松町
高橋
新川
一ノ橋
行徳河岸
十四郎の住む長屋
佃島
霊岸島
浜町堀
薬研堀
柳橋
二ノ橋
行徳川
両国橋
石川島
永代橋
尾上町
元町
隅田川
熊井町
佐賀町
今川町
上之橋
万年橋
新大橋
一ツ目之橋
回向院
三ツ屋
万年町
海辺大工町
松井町
相生町
松坂町
御竹蔵
橘屋
六間堀
要津寺
慶光寺
中ノ橋
常盤町
越中島
永代寺門前山本町
海辺橋
高橋
松井橋
二ツ目之橋
蓬莱橋
仙台堀
深川
深川元町
弥勒寺橋
富岡八幡宮
浄心寺
五間堀
本所
南割下水
亀久橋
東平野町
霊巌寺
小名木川
竪川
吉岡橋
吉永町
雲光院
芝翫河岸
三ツ目之橋
洲崎
木場
新高橋
入江町
三笠町
横川
猿江橋
南辻橋
亀戸村
長崎橋
西
北
東
南
猿江町
御材木蔵
清水橋
横十間川
0
1km

慶光寺配置図

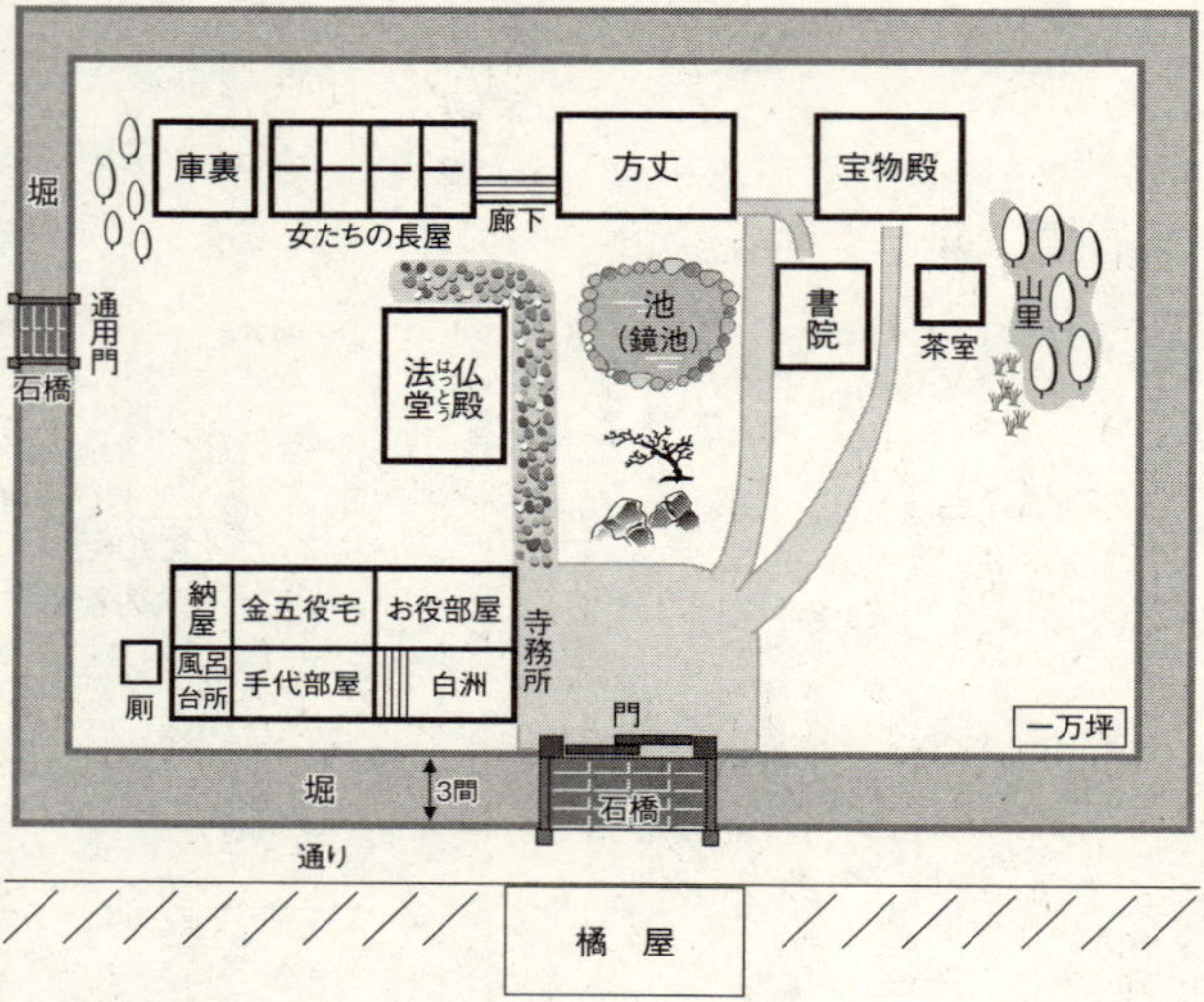

方丈《ほうじょう》　寺院の長者・住持の居所。

法堂《はっとう》　禅寺で法門の教義を講演する堂。他宗の講堂にあたる。

庫裏《くり》　寺の台所。住職や家族の居間。

「隅田川御用帳」シリーズ　主な登場人物

塙十四郎　築山藩定府勤めの勘定組頭の息子だったが、家督を継いだ後、御家断絶で浪人に。武士に襲われていた楽翁を剣で守ったことがきっかけとなり「御用宿　橘屋」で働くことになる。一刀流の剣の遣い手。寺役人の近藤金五はかつての道場仲間。

お登勢　橘屋の女将。亭主を亡くして以降、女手一つで橘屋を切り盛りしている。

近藤金五　慶光寺の寺役人。十四郎とは道場仲間。

藤七　橘屋の番頭。十四郎とともに調べをするが、捕物にも活躍する。

万吉　橘屋の小僧。孤児だったが、お登勢が面倒を見ている。

お民　橘屋の女中。

おたか　橘屋の仲居頭。

八兵衛　塙十四郎が住んでいる米沢町の長屋の大家。

松波孫一郎　北町奉行所の吟味方与力。金五が懇意にしており、橘屋とも いい関係にある。

柳庵　橘屋かかりつけの医者。本道はもとより、外科も極めている医者で、父親は表医師をしている。

万寿院（お万の方）　十代将軍家治の側室お万の方。落飾して万寿院となる。慶光寺の主。

楽翁（松平定信）　かつては権勢を誇った老中首座。隠居して楽翁を号するが、まだ幕閣に影響力を持つ。

おぼろ舟

隅田川御用帳（五）

第一話　昔の男

一

小伝馬町《こてんまちょう》の牢内では、火事に見舞われるのを赤猫《あかねこ》がおどるといい、歓迎した。牢屋敷内が火事になればむろんのことだが、近火《ちかび》でも被害を被《こうむ》ると判断されれば、切放《きりはな》しが行われるからである。

切放しとは、三日の期限をきって囚人を牢外に解き放つことであり、囚人たちはこの間、娑婆《しゃば》の空気を吸い、親類友人に会い、垢《あか》を落とし、好きなものを食べ、布団の上にのびのびと眠れるのであった。

但し、三日の刻限内に集合地となっている回向院《えこういん》に戻ってこなければ、どのような軽罪の者でも死罪となるし、戻ってくれば罪一等が減じられた。

決まりさえ守れば、囚人にとって火事は『干天《かんてん》の慈雨《じう》』、赤猫のおどるのを心待ちにしている者も多かった。

だがそれは、待っていれば必ず来るというものではなく、期せずして突然やってくるのであった。

この日も、清らかな陽射しに包まれていた隅田川一帯が、一面黒い雲に覆われ始めた暮夜《ぼや》の頃、牢屋敷の東側、堀と路《みち》を隔てた小伝馬上町《かみまち》に、黒い煙と紅蓮《ぐれん》の炎が上がった。

牢屋奉行石出帯刀《いしでたてわき》は、火の手が隣家だと聞いて、直ちに囚人たちの切放しを決断した。

鍵役《かぎやく》同心が牢内の鍵を開けると、囚人たちは一斉に門を出て、人込みに紛《まぎ》れながら回向院に走り、待ち受けていた役人の点呼《てんこ》を受けた。

囚人総数三百三十五名が、死罪や遠島が決まっている者たち二十三名を除いて、大牢《たいろう》や二間《にけん》半牢など牢ごとに集められたが、その中に、明らかに囚人とは異質の雰囲気を持つ男がいた。

揚がり屋に入れられていた三十半ばの、腕も胸も日焼けして外貌勇ましい、淳良《じゅんりょう》な感じのする男だった。

江戸の牢獄は、身分によって入る牢が決まっていた。人別帳に載っている者が入る牢を大牢と言い、無宿者の入る牢を二間半牢と、身分のある者や下級御家人、陪臣の身分ある者などは揚がり屋、さらに、身分のある旗本などは揚がり屋敷に入れた。百姓牢というものもあり、これは百姓を入れた。

また、女たちは揚がり屋のうち西の揚がり屋が女牢になっていたし、犯罪とは別件の一時預かりの性格をもつものも揚がり屋などに入れていた。

三十なかばのその男は、町人の身分で揚がり屋に入れられていたようだが、暗い表情で役人の訓戒を聞いていた。

「よいな。お前たちは、無罪放免になったのではない。必ず三日後のこの時刻に、ここに集まるのだ。決まりを破った者はどんなに軽罪の者でも死罪となる。分かったな」

「へーい」

四人たちは声を上げると、先を争って門を出て、四方に散った。

夜の闇が、放出されていく者たちを隠すように垂れこめていた。

男は、ほんのしばらく思案しているように見えた。だが、顔を起こすと、皆の後ろから門へ向かった。

と、後ろから、男の肩を叩いた者がいた。

「これは、松波様《まつなみさま》」

男は振り返って言った。

男の肩を叩いたのは、北町奉行所吟味方与力《ぎんみかたよりき》、松波孫一郎《まごいちろう》だった。

緊急の事態を受けて、北町からも南町からも、与力や同心たちが駆けつけていたのである。

「お前は、行くところがあるのか」

松波は優しい声音《こわね》で聞いた。

「へい」

「ならば良いが、行くところがなければ、私の家にいてもいいぞ」

「いえ」

「そうか……だったら、必ず戻ってこい。揚がり屋に入れられているとはいえ、お前は囚人ではないのだ。国元に帰れる日も近いだろう。無茶はするな」

「松波様。あっしは本当に国に帰れるのでございましょうか」

男は、険しい顔で松波を見た。

「帰れるとも……必ずな」

男は、ちらっと苦しげな表情を浮かべたが、目を落とすと、ぺこりと頭を下げて、門外に消えた。

その後ろ姿を、松波は労《いたわ》るような目で送っていた。


これより一刻《いっとき》（二時間）ほど前に、塙《はなわ》十四郎《じゅうしろう》はお登勢《とせ》と、回向院の屋根を眺めながら、舟で隅田川を下っていた。

十四郎は主家《しゅか》が潰れて浪人暮らし。とはいえ、深川《ふかがわ》にある縁切り寺『慶光寺《けいこうじ》』の寺宿『橘《たちばな》屋』の主で未亡人のお登勢に雇われている。

慶光寺に常駐する寺役人《てらやくにん》は近藤金五《こんどうきんご》が一人。縁切りを願って駆け込んできた女の詮議や調べまでは手が回らず、その役目を橘屋が担っており、十四郎もお登勢も多忙な日々を送っているが、時折、駆け込み人がとぎれた時など、お登勢は十四郎を誘って遠出をするのを楽しみにしていた。

この日も半日、十四郎はお登勢の野の花摘みにつきあって、向島《むこうじま》の隅田川堤を散策し、夕刻、三囲《みめぐり》神社前の船着き場から、迎えにきた橘屋の番頭藤七《とうしち》の舟に乗った。

お登勢の胸には、穂が出たばかりのすすきや女郎花《おみなえし》や、それに桔梗《ききょう》の花が抱かれていた。

手筈もよろしく、お登勢は予《あらかじ》め用意していた水を張った竹筒に、摘み取った草花を挿していた。直ぐに萎《しお》れるとも思えないのだが、一刻も早く宿に帰りたいといった様子で、時折草花を愛しそうに眺めては、急ぎ顔で舟先を見やるのであった。

橋屋の庭の片隅には、秋の草花も植わっていて、たしか桔梗もあった筈だが、出向いた先の隅田川堤で摘み取った草花には、何か拾い物でもしたような気分になるのか、弾んだ声を上げて草花を摘むお登勢を、十四郎はあきれ顔で見ていたのである。

藤七は、そういったお登勢には慣れっこのようで、無駄口もたたかずに懸命に櫓《ろ》を漕いで、隅田川から仙台堀《せんだいぼり》に入り、海辺《うみべ》橋の袂で十四郎とお登勢を下ろすと、舟を『三《み》ツ屋《や》』に返しに行った。

三ツ屋は永代《えいたい》橋の袂で、昼間は茶屋、夜は船宿として営んでいる店で、寺入りして夫と縁は切れたが行く当てのない女たちを救済するために、お登勢がつくった店である。

十四郎とお登勢は海辺橋から橋屋に帰ってきた。だが、お登勢は玄関に入るな

り、

「十四郎様、お夜食はお民《たみ》に用意させますからね。ああ、それからおたかさん、萩《はぎ》の間のお客様はお夜食は柔らかい物をお望みと聞いていましたが、お膳は間違いありませんね」

などと、十四郎と出迎えた仲居頭《なかいがしら》のおたかに忙《せわ》しそうに声をかけた。

忙しさの理由《わけ》は、手に持っている草花を、一刻も早く活けようという算段のようである。

「滞《とどこお》りなく……」

おたかが膝をついて答えると、お登勢はいそいそと水屋に向かった。

「十四郎様、ご苦労さまでございました」

おたかは十四郎に笑みを投げると、仲居の一人に足盥《あしだらい》を持ってくるように言いつけた。

十四郎は上がり框《かまち》に腰を下ろした。

俄《にわ》かに、慣れない野草狩りの供をした疲れがあるのを知った。

——帰りにどこかでひっかけるか。

酒を飲む算段をしながら足を洗って、夜食の膳についたところに、藤七が帰ってきた。

「十四郎様、どうやら小伝馬町の辺りが火事のようでございますよ」

「何……で、火の手は」

「半刻《はんとき》（一時間）程前に炎が上がったようですが、先刻から雨が落ちています。強い雨足ですから、大事には至らないのではないでしょうか」

「ふむ、ならば良い。火に勢いがあれば俺の長屋も危ないからな。もっとも、大した物がある筈もないが、父母の位牌だけは焼く訳にはいかぬ」

「ただ、切放しがあったようでございますので、三日の間は町の者は皆おちおちしていられないと言っております。なにしろ虎を檻《おり》から出したような状態ですので」

「しかし、死罪になるような重罪の者は切放しをしないだろう」

「それはそうでございますが、お気をつけてお帰り下さいませ」

藤七は眉を顰《ひそ》め、うちも戸締まりを厳重にしなければ、などと独りごちて奥に消えた。

二

——用心深い男だ。まあ、だからこそ、番頭が務まるのだろうが。

十四郎は、隅田川東岸べりを急ぎながら、藤七の差配《さはい》に感心していた。

藤七は、あれから直ぐに通いの仲居や女中を帰し、三ツ屋にも若い衆を張り込ませ、自身も橋屋の雨戸を早々に閉めて回った。

十四郎は、追い立てられるように食事を済ませて橋屋を出た。

激しく降った雨も一時のこと、差していた傘を傾け、掌を突き出してみると、雨は小雨に変わっていた。

対岸を眺めると火事の気配は既になく、商家の軒提灯の灯の色が、濡れた街路を寂しげに照らしていた。

囚人を解き放したという知らせは、瞬く間に街々に届いているものとみえ、人の行き来は疎《まば》らであった。

新大橋《しんおおはし》にかかった時である。

橋袂で、法被《はっぴ》を着た男たちに、寄ってたかって殴られている男が見えた。

掛茶屋の灯が、腹を抱えるようにして蹲《うずくま》っているその男を惨めに映し出していたが、法被を着た男たちは「勘弁できねえ」などと口走り、動けなくなったその男を、更に容赦なく、腹と言わず頭と言わず蹴り上げていた。

「おい。それぐらいにしてやったらどうだ」

十四郎が、割って入った。

「旦那、手出しは無用に願います」

法被の男の一人が言った。

法被には白抜きで『さのや』とあり、近くの深川元町《もとまち》に店を張る飲み屋の店の者だと分かった。

さのやは飲み屋といえども大きな店で、普通の飲み屋の二、三倍はあろうかと思える店構えであった。出す肴も多く、値段も安く、大衆向けにして繁盛していた。

十四郎も橘屋の帰りに、二、三度立ち寄ったことがある。

「この男が、何をしたというのだ」

「食い逃げですよ」

「食い逃げ……」

「違う。少し足りなかっただけだ」

男が、歪《ゆが》めた顔を上げ、うめきながら言った。回向院で、松波から肩を叩かれたあの男だった。

男の額は泥にまみれて、口元には流れ出た鮮血がべっとりとへばりついていた。

「いくら足りなかったのだ」

十四郎の問い掛けに、さのやの男は、迷惑そうな顔をみせて、

「五十文《もん》だ」

ぶっきらぼうに言い、蹲っている男を睨《ね》めつけた。

「さのやでは、僅《わず》か五十文足りなかっただけで、これほど痛めつけるというのか」

「旦那、甘い顔をすれば、またやられますんで。うちは薄利多売の店でございます。五十文とはいえ、情けを掛けた日にゃあ味をしめてまたやります。ですから、黙って見逃す訳にはいきませんので、へい」

「そうか、分かった。だったら、この男の不足分は俺が払おう。それなら文句はあるまい」

「まあ、そりゃあ。こっちは払っていただければ、へい」

「よし……」

十四郎は、懐から五十文を出して、さのやの男に手渡した。

「こりゃあ、どうも」

男たちは、それで、薄闇の中に去って行った。

「おい、立てるか」

十四郎は、男の手をとって自身の首に回し、引き上げた。

「旦那、恩にきます」

男は人相に似合わず、涙脆《もろ》いのか声を詰まらせ、十四郎の肩にしがみついてきた。

だがこの男が、単に人の情けに目を赤くしたのではないということが分かったのは、十四郎の長屋に連れ帰り、傷の手当てをした後だった。

男は十四郎に名を丑松《うしまつ》と名乗り、小伝馬町の牢を切放しになった者だと告げたからである。

十四郎が驚いた顔で見詰めると、丑松は律義に両膝を揃えて礼を述べた後、十四郎の返事がどう返ってくるのか、落ち着きのない目で見上げてきた。

「丑松とやら、いったい何をやったのだ」

十四郎は、茶碗酒を飲みながら、行灯《あんどん》の灯に照らされた丑松の顔をじっと見た。

丑松の前にも、湯のみになみなみと酒が注がれているが、丑松は手をつけようともしなかった。

十四郎の問い掛けに、きっと顔を上げると、

「あっしは囚人ではございません」

「囚人でもない者が、なぜ、牢に繋《つな》がれていた。切放しになった者だと言ったではないか」

「あっしは、漂流して、ようやく帰ってきた者です」

「漂流……船で流されて……そういうことか」

十四郎は、唖然として丑松を見た。

人の噂で、船が南海や北の海を漂流して、どこかの島や国に流れつき、何年もたって、ようやく日本に帰ってきた船乗りがいるという話は聞いたことがある。

だがそれは噂の域の話であって、会ったことも見たことも一度もなかった。十四郎には想像を超えた世界だった。

しかも、そういう稀有な体験をした者が日本に帰ってきた後、牢屋に繋がれていたなどと、誰が知っているだろうか。

驚愕して見詰める十四郎に、丑松は訴えるような目を向けた。

「十年振りに、やっと故郷の土を踏んだんです。ところが、囚人と同じ様に牢内に留め置かれて、その間に、一緒に帰ってきた留次《とめじ》は頭がおかしくなって死にました。辰吉《たつきち》とっつぁんは首括《くく》って命を絶ちました。あっし一人が残っていたのでございやす」

丑松は唇を嚙むと一点を見詰め、暗く険しい表情を見せた。

「そうか……さぞかし、辛かったであろう。よく、生きて帰れたものだ。丑松、遠慮はいらぬぞ、飲め。ゆるりと致せ」

十四郎が感慨深くそう言った時、

「旦那……」

丑松の両目から、堰《せき》を切ったように涙が溢れ出た。

丑松は、太い腕で目を押さえると、嗚咽《おえつ》を漏らした。大の男の苦悶《くもん》の声を、十四郎は茶碗を置いてじっと聞いていた。

「旦那……」

しばらくして、震える声でまた、丑松が呼んだ。

十四郎が顔を上げると、

「お上《かみ》は、あっしたちのような人間は、生涯、外に出さないつもりのようでございますよ」

「何」

「お役人は、漂流していた十年間のことは誰にもしゃべっちゃあならねえっていうんです。ですが、あっしたちは何も悪いことはしておりません。本当です。旦那、あっしたち仲間の失った十年を聞いてくれますか」

丑松は幽鬼《ゆうき》のような目で見詰めてきた。

十四郎は無言で頷いた。

すると丑松は、膝を直して、ぐいと涙をぬぐい取ると、

「実はあっしは、南部藩《なんぶ》の八戸《はちのへ》の漁師の家に生まれた者です」

両膝の上に拳をつくった。

家族は両親と兄と妹の五人で、沿岸で獲れる魚に頼って暮らしていた。

丑松も幼い頃から父や兄たちと漁に出ていたが、いつの頃からか、魚を獲る生活だけでは暮らしは楽にはならないと気づき、十六になってまもなく、八戸に入ってくる廻船《かいせん》の船頭に頼み込み、舵《かじ》取りの修業を積んだ。

「で、二十歳を過ぎた頃、南部出身でこの江戸で材木商を営む『天野屋《あまの》』の船に雇われやして、専属の舵取りとなったんです」

「何、天野屋といえば、深川の久永町《ひさながちょう》にある材木商の天野屋熊五郎《くまごろう》のことか」

「へい。旦那はよくご存じで……」

「俺が用心棒をしている宿も深川にあってな」

十四郎は内心驚いていた。

天野屋の内儀おるいは、四か月前から慶光寺に入っていた。

おるいは後妻で、天野屋とは十五歳程年が離れていた。それもあってか、おるいが寺に駆け込んでくると、すぐに後を追って天野屋が現れて、ひと悶着《もんちゃく》あったのである。

五十面だが筋骨逞しい天野屋は、おるいを摑まえて殴り倒そうとした。

中に入った十四郎と金五が取り押さえて事なきを得たが、誰のお陰で生きてこられたのだ、離縁を言い立てるのなら、今までお前に費《つい》やした金を払えなどとおるいに暴言を吐き、以後、差し紙を送りつけても平然としているような男であった。

——天野屋が南部藩の出であったとは……。

十四郎は、傲岸不遜《ごうがんふそん》な天野屋熊五郎の顔を思い出していた。

「天野屋の旦那は、八戸や石巻《いしのまき》の港にある材木を船で江戸に運び、材木商として成功したお人です。国では知らない者はおりやせん」

丑松の口調には、天野屋の存在は自身にも自慢だというような色合いが込められていた。

丑松は、天野屋に雇われてからというもの、南部と江戸を行き来して生活をするようになっていた。

実入りも多く、田舎の両親に金も送れるようになり、江戸で知りあった女とも、今度江戸に戻ったら所帯を持とうと約束していた。

十年前のことである。二十五歳の秋だった。

新しい生活に胸膨らませて八戸から石巻へ、それぞれの港で材木を積み江戸に向かった。

ところが、九十九里浜《くじゅうくりはま》で大風に遭い沖に流されたのである。

船には親方を含め十五人が乗っていた。

波も高く、大風がおさまるのをじっと待ったが、海が凪《な》いできた時には、船は見渡すばかりの海原《うなばら》に有り、海流の流れるままに漂っていた。

材木のほとんどは、船が沈むのを恐れて海に投じていたが、米は江戸の小商人から頼まれて積み込んでいて、しばらくの漂流には耐えられると思っていたが、水がまず底をついた。

海水を汲《く》み上げて、それを鍋で炊き、蒸留水を取っていたが、薪《まき》にする材木も無くなると皆、生米《なまごめ》を齧《かじ》っていた。

だが次々と病人が出るようになり、やがて、一人二人と死んでいき、八人になった時、見知らぬ島にたどり着いた。

小さな島で、島の丘に熱帯特有の木が疎らに伸びているだけで、海からすぐに岸壁となっているその島に住んでいるものは、トカゲ類と阿呆鳥《あほうどり》だけだった。

仲間八人は親船を捨て、伝馬船《てんません》で親船に残っていた荷物を島に運んだ。とりあえずは、その島で生き延びて、通りすがりの船に救助してもらおうと考えたのだ。

初めのうちは、船が沖を通るのを見逃すまいと、島の高台で見張っていたが、何日たってもその影さえ見えなかった。

自分たちが日本からどれほど流されて、どこにいるのか全く見当もつかないのである。心細さはひとしおだった。

しかも米は五俵になっていた。

一つの俵が籾米だったことから、猫の額ほどの高台に籾米を蒔《ま》いたが、水田の水は雨を頼りにする心細さで、一度の収穫は二俵あまりがやっとの状態、主食は阿呆鳥とトカゲと岸辺でとれる貝や魚となっていた。

腹を満たすには満たしたが、島に着いてから一年二年と経つうちに、再び病に倒れる者が出て、十年近く暮らす間に、丑松と留次と辰吉の三人になっていた。もう二度と日本には帰れまい、みなこの島で一生を終えるのだと、いよいよ諦《あきら》めかけていた半年以上前、沖に船が見えた。

丘の上で枯れ木を燃やし、ようやく助けて貰ったその船は、時化《しけ》を避けて遠回りしたオランダ船だった。

ちょうど日本の長崎《ながさき》に入港するための船だったらしく、三人は長崎に上陸したが、喜んだのも束の間、長崎奉行所の牢屋で一月あまり暮らし、それから江戸に運ばれてきて半年近く、今度は江戸の牢屋に入れられて、役人の厳しい詮議を受けてきたのであった。

「お役人は、ずっと島暮らしだったことを、なかなか信用してくれねえ。どっかの国で暮らしていたのではないか。耶蘇教《やそきょう》の信者になってるんじゃねえかなどと、何度も厳しく聞かれやして……それというのも、助けて貰ったオランダ船の船長に、ギヤマンの皿を貰ったんですが、その皿に十字の印が入っているとかなんとか言い出しやして……あっしには、ただの紋様にしか見えなかったんですが、揚がり屋に閉じ込められて、そんなこんなしているうちに、留次も辰吉とっつぁ

ん も……」

丑松は、涙混じりの声を呑んだ。ようやく江戸の土を踏んだ留次と辰吉まで死んでしまったことへの怒りが、抗《あらが》おうとしても吹き出してくるようだった。

「そうか……ではお前は、さきほど天野屋にでも行こうとしていたのか」

「へい。漂流するまで働いた金を預けてあります。女のことも天野屋に頼んでいましたので」

「そうか。しかし今日はもう遅い。明日、天野屋を訪ねればよい。俺が一緒について いってやってもいいぞ」

三

「そう言ってやったのだが、俺が目覚める前に丑松はいなくなっていた」

十四郎は、大福帳に目を落としていたお登勢に言った。

「十四郎様」

お登勢は立って、十四郎の前に座り直すと、茶器を引き寄せた。

「もう四日になるんでしょう、あれから……」

湯を注ぎながら、思案していたが、

「その丑松さんが小伝馬町に帰ったかどうか、十四郎様の心配も分からない訳ではありませんが、今まで辛抱してきたんですもの、きっと小伝馬町に帰っていると思いますよ。ただ……」

茶を十四郎の膝前に出すと、お登勢は手を膝の上に揃え、

「天野屋さんは、ああいうお人です。十年前とはいえ、船が漂流して買い入れた材木は海の藻屑と消えて、多大な損害を被った訳ですから、船乗りが生きて帰ってきたといっても、預かっていたお金をすんなり渡したかどうか……」

「うむ……」

十四郎の胸にも、そのことで微かな不安があった。

天野屋の出方次第で、丑松の最後の拠《よ》り所《どころ》は断ち切られる、と十四郎は考えていた。

丑松が天野屋にどれほどの金額を預かって貰っていたのか知る由《よし》もないが、あの口振りでは少額ではなかった筈だ。

江戸の商人の大半が、西国《さいごく》出身者で占められている中で、天野屋は東北出身者の出世頭、丑松も天野屋に舵取りとして雇われていたことを誇りに思っていたよ

うだが、もしも天野屋に金を渋られ、女が心変わりなどしていようものなら、丑松を支えてきたものは一気に崩れる。

だからあの晩、十四郎は丑松に、天野屋が女房おるいとの離縁騒動で、どれほど醜態《しゅうたい》を晒《さら》したか話さなかったのである。

丑松の胸には、ただでさえ、理不尽《りふじん》にも閉じ込めを受けてきたお上への不満があった。

お上が丑松たちを足留めして、厳しい取り調べを行っているその行為は、ひとえに、鎖国下の日本に、異国の風を入れさせないための処置であろう事は、十四郎にも分かる。

しかし、丑松の話から、お上も少々やりすぎではないかと思えたし、そんなお上の都合など、一介の舵取りが理解できる筈もないではないかと十四郎は考えた。

丑松にとってこの半年間に受けた仕打ちは、漂流していた時よりも辛く、とうてい許容できないことだったに違いない。

思い詰めていた丑松が、ひょんなことから、突拍子もない行動に出るのではないかと、十四郎はあれからずっと危惧《きぐ》していた。

想像を絶する孤島の暮らしを、血を吐くように吐露していた丑松の顔を思い浮かべて、十四郎は茶を喫していたが、俄かに玄関に騒がしい音が立ち、お登勢と見合った。

「お登勢、十四郎も来ているようだな」

金五の声だった。

ほどなく、金五は松波と一緒に険しい顔をして現れた。

「えらいことになったぞ」

金五は、松波を促してそこに座った。

「この前、火事があって囚人たちの切放しがあったんだが、一人、刻限に帰ってこなかった者がいる」

十四郎は、思わずお登勢と顔を見合わせた。

「その男の名は丑松というのだが、実は、丑松の昔の女が、慶光寺に入っている天野屋の内儀おるいだと、松波さんが知らせに来てくれたのだ」

「おるいさんが……」

松波と金五に新しい茶を淹れていたお登勢が、驚いて顔を上げた。

松波は頷くと、

「丑松がここに現れるかどうかは分からぬが、しばらく町方の者を張り込ませます」

「まさか、丑松が約束していた女というのが、おるいだったとは……」

十四郎は、思わず呟いた。

「塙さん。知っていたのですか、丑松のことを」

今度は松波が驚いた。

十四郎は火事のあった晩に、新大橋の袂で折檻《せっかん》を受けている丑松を助け、自分の長屋に連れ帰り、漂流した話を聞いた事を、松波と金五に告げた。

「その時、丑松は天野屋に行くのだと言っていたのだが」

「それが、天野屋は来ていないと言っている」

松波は苦り切った顔をした。

「それはおかしい。丑松は他に行く当てもないし、この俺にはっきり言ったのだ。天野屋に行くと……」

「あの天野屋のことだ。調べに来た町方に嘘をついたのだ。どんな事情があったとしても、自分が雇った舵取りの女を女房にしていたのだからな。天野屋は丑松が死んだと思っていたのかもしれぬが、ひょっこり今頃になって目の前に現れては寝覚めが悪かったに違いない」

金五は言い、皆を見回した。

「いや」

松波は首を振った。

「実は天野屋には、半年前に丑松が江戸に送られてきた時に、奉行所から知らせてあった。天野屋が丑松のことを知らぬ筈がない」

「しかし、まさか店に現れるとは思っていなかったのではないか」

「まあ、それはそうだが……」

「松波さん。漂流して帰ってきた者は、その後どのような扱いになるのですか。丑松もそれを気にしていたようだが」

十四郎は、丑松が生涯牢から出られないのではないかと言い、悲憤を漏らしていたことを思い出して、松波に聞いてみた。

「私が知っている限りでは、お上はいろいろと聞き取りをした後は国元の藩に帰しますが、藩はそれを受けて、定めた住居で住まわせて、極力他者と接触させないような生活をさせる筈です」

「それじゃあ、もう、船乗りはできない訳ですな」

「そのかわり、二人扶持《ぶち》くらいの手当ては出すと聞いています」

「しかし、自由はない」

「まあ、そうです」

「体《てい》のいい口止めだ」

十四郎は、苦々しく言った。体制を維持するために、丑松は飼い殺しにされるのだ。

他人には理解できぬ辛酸《しんさん》を舐めてきたにもかかわらず、丑松の前途には余人の知らぬ苦悩が待ち受けているということだ。

十四郎は太い溜め息をついた。

すると、

「松波様」

じっと聞いていたお登勢が、思案の顔を松波に向けた。

「松波様はいつ、丑松さんの昔のひとが天野屋さんのお内儀におさまっているとお知りになったのですか」

「いや、実は知ったのはつい最近だ。丑松には言い交わした女がいたと知って、密かに調べさせたのだ。それで分かった。女がまだ丑松を待っているようなら、丑松に知らせてやれば元気も出るだろうと思ったのだが……」

「では丑松さんには、おるいさんのことは……」

「言えなかった」

「しかし、丑松は知ったのかもしれぬぞ。おるいのことを……」

金五はぐいと茶を飲み干すと、顔を上げた。

「丑松が天野屋に行かない筈はない。だが、仮に天野屋に行かなかったとしても、おるいの消息は知れる。昔住んでいた場所に行けば、天野屋の後妻におさまった話は聞ける筈だ」

「近藤さん。おるいが昔住んでいた長屋は取り壊されて、今は日本橋《にほんばし》にある魚商の別宅になっています。長屋の者は散り散りになっていますから、捜し出すのも一日二日では無理でしょう。丑松がおるいの今を知る手段は、天野屋から聞くか、あるいはおるいから直接聞くか、他には考えられません」

「しかし、俺が知る限り、おるいと丑松が、何か連絡を取り合ったような気配はないな」

「近藤様。おるいさんが駆け込んできたのは四か月前でしたね。お役所から丑松さんが帰ってきたという知らせが届いた翌々月にお寺に駆け込んできたということになります。まさかとは思いますが……」

「お登勢……」

金五は険しい目を、凝然《ぎようぜん》としてお登勢に向けた。

四人の間に無言《しじま》が続いた。慶光寺の薄闇の寺務所の部屋に、十四郎とお登勢と金五に囲まれるようにして、おるいが座っている。

重苦しい沈黙は、もう四半刻《しはんとき》（三十分）にもなるだろうか。

金五がおるいを呼びつけて、丑松の名を出した途端、おるいの顔には激しい動揺の色がみえた。だが、口を噤《つぐ》んだまま目を膝に落とし、身動《みじろ》ぎもしないのであった。

寺内は静まりかえっているが、寺務所がある慶光寺の正門の物陰や、向かいの橘屋の玄関脇の軒下には、松波の配下が張り込んでいる筈だった。

まもなく、慶光寺の手代が燭台《しよくだい》に灯を灯《とも》して引き下がると、口を引き結んで緘黙《かんもく》している、頑《かたく》ななおるいの顔が浮かび上がった。

おるいは、丸顔で色白の華のある女であった。だが今日は、燭台の灯の陰りか、頬に暗い陰を宿していた。

おるいが寺に駆け込んできてから何度も話を聞き、調べもしてきたが、十四郎が今まで見てきたおるいとは違う、別人の女のような気がしていた。

——ひょっとして俺たちは、この女の本当の姿にまったく気づかずに来たのではないか……。

そんな気がして、十四郎が溜め息をついた時、

「おるい。黙っていては分からぬぞ」

金五が声を掛けるが、おるいは微かに膝を動かしただけだった。目を上げようともしなかった。

「おるいさん。正直に話して下さい。あなたが慶光寺に駆け込んできたのは、ご亭主の天野屋さんが原因ではなくて、丑松さんが生きて帰ってきたことが原因なのではありませんか」

お登勢は厳しい口調で言い、おるいの顔を覗《のぞ》き見た。

金五も十四郎も、相手が女となると、遠慮がちな物言いをしてしまうが、お登勢は違った。声音に斬りつけるような響きがあった。

いえ……というように、おるいは弱々しくかぶりを振った。

お登勢は深い溜め息をついたが、また、言葉を続けた。

「私たちはどうしても、駆け込んできた方の立場にたって、まず考えてしまいま

す。それは常に、弱い立場の女の方を救ってあげたい、そう考えているからです。時にはそれで、大きな間違いを犯すことがあるのです」

二年前だった。

炭屋の内儀が離縁したいと、慶光寺に駆け込んできた。内儀は亭主の粗暴な態度が嫌になったのだと言った。

確かに調べてみると、亭主には内儀の言う粗暴な性格があり、それは近隣の者も認める程のものだった。

亭主との話し合いも不調に終わり、内儀は寺入りとなった。

寺入りと決定すれば、二年の修行を寺で行い、離縁を勝ち取ることができる。内儀の離縁は約束されたも同然となったのである。

すると、内儀が寺入りして半年も経った頃、たびたび見舞いと称して、橘屋に内儀への言伝《ことづて》を頼む男が現れた。

男は幼馴染みだと言っていたが、調べた結果、内儀と肉欲の関係を持っていた事が分かった。

内儀はこの男と一緒になりたいがために、金五やお登勢に嘘をついて寺入りしたのではないか、とお登勢は疑いを持った。

即刻、男との関係を内儀に問いただしたが、内儀は強固に否定した。

だが、まもなく、男との密約の書きつけが出現し、内儀は慶光寺から即刻吉原《よしわら》に下げ渡されたのであった。

「お寺は将軍家の肝煎《きもい》りで造られたものですし、禅尼万寿院《まんじゆいん》様も将軍家に繋がるお方です。それだけに、申し出が嘘だったと分かった時には容赦は致しません。あなたがそうでないことを祈りますが、嘘をついていれば、いつかは知れます。お伝えしたように、丑松さんは切放しになったのをよいことに逃げています。今なら、丑松さんにもあなたにも、助かる道はある筈です。おるいさん、あなたの駆け込みは、丑松さんと何か約束があったのではないでしょうね。今一度、ここで、はっきりしていただきます」

「お登勢様……」

おるいが、顔を上げた。思い詰めた声だったが、はっきりと聞き取れる決心をした声だった。

「私がここにいることは、夫が丑松さんに言わない限り、丑松さんは知らないと思います……でも」

「でも……」

言葉を切って、哀しげな目で見詰めてきたおるいに、お登勢は畳みかけるように聞いた。

「私がここに駆け込んできた胸の内には、たしかに丑松さんのことが……いえ、でもそれは、夫と離縁したら丑松さんと、どうこうなるというものではありません。ただ、私の心が、天野屋の女房でいることを許せなくて、その心に決着をつけたくて、駆け込みました」

十年前、おるいは、久永町の天野屋の店の近くにある縄暖簾《なわのれん》『ひょうたん屋』に夕方から勤めていた。

昼間は着物の仕立てをしながら、病に臥せっていた母親をみなければならず、だから住まいも、隣町の島崎町《しまざきちょう》の裏長屋に住んでいた。

母親の薬料がかさみ、昼も夜も働いて、やっと身過ぎ世過ぎができるといった貧しい暮らしだった。

そんな折、ひょうたん屋にやってくる丑松と親しく口をきくようになった。

丑松は、船で江戸に入ってくると、国元の珍しい食べ物を持ってきてくれたり、母親をおぶって町医者にも連れて行ってくれたりした。

体はいかついが、北国人特有の、朴訥《ぼくとつ》で純粋な性格の丑松に、おるいは心を動かされた。

江戸の男は心地好い言葉を並べるが、実がなかった。それに比べて丑松には、言葉は短いが実も心もあった。

「あんたがかまわねえというのなら、一緒におっかさんの世話をさせてくれねえか」

ある日、丑松はぽつりと言った。

おるいは、その言葉をずっと待っていた。

「いいんですか丑松さん。あんな病人を抱えているあたしで」

「いいとも。あっしには兄がいる。何も国元で生活しなきゃあならねえということもねえ。この江戸であんたと暮らしてもいい」

「丑松さん……」

その晩、おるいは丑松を出合《であい》茶屋に誘った。

手を握り合ったこともなかった二人である。向かい合うと丑松はおろおろした揚げ句、

「大事《でえじ》な体だ。きちんと長屋の皆さんにも天野屋の旦那にもお披露目をして……その時まで待つよ、俺」

そう言って丑松は、おるいの肩をひしと抱いた。力強い腕だった。

おるいは、抱かれたままで涙を流した。痛いほど丑松の気持ちが伝わってきた。

これほど自分を大切に思ってくれている人が、この世にいるだろうかと、厚い胸にすがりついて、丑松の激しい鼓動を聞いていた。

翌日、丑松は国元に船出して行った。今度帰ってきた時には、ささやかな祝《しゅう》言《げん》を挙げ、母親と三人の暮らしが始まる筈だった。

ところが、心待ちにしていた丑松が遭難したと天野屋から連絡を受け、仰天《ぎょうてん》した。しかしそれでも、きっと帰ってきてくれるに違いないと、半年待ち一年待った。

やがて、母親の病状がますます悪くなり、天野屋に相談して、高額な薬を買うための金を借りた。

そうこうしているうちに、天野屋の内儀が風邪で三日寝込んだだけで死んでしまったのである。

今度はおるいの方が意気消沈している天野屋を励ますために、繁《しげ》く店を訪ねていくようになっていた。

天野屋は、丑松が帰ってくるまで、自分を支えてくれる大切な人だと思っていたからである。

ある夜のこと、おるいは天野屋に呼ばれて店に行った。

天野屋は自室におるいを呼び入れると、突然襲いかかってきたのであった。

「丑松はもう死んでいる。私の女房になれば、おっかさんの薬代の心配もしないですむのだ」

天野屋のその言葉が、おるいの頭から、争う力を失わせた。

おるいは、男に抱かれたのは初めてだった。一度体を許すと、丑松を恋い焦《こ こ》がれていた熱情が一気に吹き出して、心の中では丑松に申し訳ないと思いながらも、天野屋に求められれば応じてしまう哀しい体になっていた。

なにより母の看病が存分にできるのが有り難かった。

いや、自分の心変わりを、母の病にかこつけていたのかもしれない。

天野屋はまもなく、おるいを後妻に据えた。

だがすぐに母は亡くなり、七年が過ぎている。

この七年の間に、天野屋は二人の間に子の出来ないことを理由にして、外に女をつくり、その女との間には子供までいる。

おるいが天野屋と慰めあったのはいっときのことだった。天野屋に裏切られてみると、丑松の思いやりのある言動が胸を刺した。丑松さんなら、こんな仕打ちはしないという思いが、じわりじわりと天野屋憎しに変わっていった時、これは丑松さんを裏切った天罰ではないかと考えるようになっていた。

そんな時、奉行所から、丑松が生きて帰ってきていると知らせを受けた。その晩すぐに、天野屋は、おるいの心を覗き見るような言い方をして、丑松が小伝馬町にいることを告げたのである。

「その時、私の今を知ったなら、どれほど丑松さんが傷つくだろうかと思いました。自分で自分のこと、決着つけなければいけないと思いました。幸い、天野屋には外にいい人がいます。跡継ぎの子もいます。私は天野屋にはもはや無用の人間です。それで、天野屋に別れてくれるように頼んだのですが、聞き入れてはもらえませんでした。それで駆け込みました。天野屋が私との離縁に首を縦に振らなかったのは、私への未練や情があるのではなくて、自分の顔をつぶされたという怒りと、それと、もしかすると、易々《やすやす》と離縁して、丑松さんを追っかけられては男の意地が立たないといった、そんなところではないかと思います。でも私は、何度も申しますが、離縁が叶《かな》っても、けっして丑松さんの前に現れようとは思っておりません。どうか、そのことだけは信じて下さい」

おるいは手をついたまま、お登勢を、十四郎を、そして金五を、じっと見詰めた。懇願するような目の色だった。

「おるいさん、あなたの駆け込みは、丑松さんのことがなくってもいずれ破綻《はたん》をきたす夫婦仲から起きたものだということが、よく分かりました。丑松さんへの想いがあったとしても、それはあくまであなた一人の心の中のこと……ご安心なさい。あなたの離縁は、きっとお引き受けします」

お登勢は優しくおるいに言った。

「お登勢様……」

「離縁した暁には、これは、丑松さんが死罪を免《まぬか》れればの話ですが、丑松さんと再縁しても何も問題ありませんよ」

「お登勢」

金五が、突然何を言うのだという顔をした。

「近藤様、前例がない訳ではありません」

お登勢は、鎌倉《かまくら》の縁切り寺で、最初の夫と寺の仲介で別れた妻が、かねてより心を通わせていた男と再縁したものの、やっぱり再縁したその男とはうまく行かず、これなら元の夫の方がよかったなどと悔やみ、また寺に駆け込んで、再縁した夫と別れ、元の夫と再再縁した妻の話を聞いていた。

浮気な女の身勝手な話である。慶光寺ならそんな話は引き受けないであろう事例だが、そんな女からみれば、おるいの行動は純なる人間の同情すべき駆け込みである。

できるものなら丑松と一緒にしてやりたいと、お登勢はおるいの話を聞くうちに考えていたのであった。

しかし、おるいは、額を床板に擦りつけるようにして、

「お登勢様。私は、丑松さんが愛しいと思ってくれた昔のおるいではありません。ここにいるおるいは別の女です。もしも、丑松さんが私をここに訪ねてきても、おるいは死んだと、そうお伝え下さいませ」

「おるいさん……」

おるいは頭を下げたまま、いやいやをして、そして、片手で襦袢の袖を引き出すと、口を押さえて嗚咽をあげた。

丑松も純な男だと思ったが、おるいもまた、近頃の女にしては稀有なる純情を持ち続けている女であった。

二人を引き裂く船の遭難がなかったら、丑松とおるいは、人もうらやむ温かい家庭を築いていたに違いない。

十四郎は、俯《うつむ》いたまま肩を震わせているおるいの細い背中を、切ない思いで見詰めていた。

四

火がついたような子供の泣き声を聞いたのは、十四郎が木場《きば》にかかる橋に足をかけた時だった。

深川には、水郷を利用した広大な木場が幾つもあり、諸国から運んできた材木は、この水郷を利用して、それぞれの材木商人の木場に運ばれる。

木場には、うずたかく木材や竹が井桁《いげた》に組んで積んであったり、まだ堀に引き入れた筏《いかだ》のままの状態だったりと様々だが、一帯を埋め尽くす木肌から放散する木々の香りが、辺り一面に漂っていた。

空き地では、運ばれてきた木を木挽《こびき》する鋸《のこぎり》の音が響き、威勢のいい鳶《とび》の男の声が飛び交い、活気が漲《みなぎ》っている。

天野屋の木場は、店の後方、堀を隔てた土地が木置き場になっていて、その木場には、店の横手から堀にかけた橋を渡って行くようになっていた。

十四郎が天野屋熊五郎の店を訪ねた時、番頭が旦那様は裏の木場にいますと言ったことから、十四郎が教えられた橋を渡って、木場に行こうとしたその時に、異変は起こったようだった。

小走りして橋を渡ると、材木を浮かべている堀の岸際で、数人の職人たちが騒いでいて、子供の泣き声はそこから聞こえていた。

人垣の隙間から、泣き声のする輪の中を覗くと、

「まったく、どこに目をつけているんだね。私が一足遅かったら、この子は溺れていたかもしれないじゃないか」

泣きじゃくる四、五歳の男の子の手を引いて、職人たちを叱りつけているのは、天野屋だった。

男の子の着物がびしょ濡れのところを見ると、どうやら、堀に落ちたものらしい。

天野屋は、がみがみと叱り続けた。

「この子が仮に、筏の上に乗りたいと言っても、だ。そんな危ないことは止めさ

せるのが大人の才覚じゃあないのかね」

「へい。本当にすみませんでした」

職人たちが無抵抗に頭を下げると、

「お前も、おとっつぁんに黙って、こんなところで二度と遊んじゃあ駄目だ」

天野屋は男の子の顔を覗くようにして叱った。

「だって、おとっつぁん。釣りがしたかったんだ、おいら」

男の子は、しゃくり上げながら、甘えるように天野屋を見上げて言った。

「よしよし。今度おとっつぁんが、船で釣りに連れていってやるから、それまでおとなしく待っていなさい。いいね」

男の子はそれで納得したのか、こくりと頷いて、天野屋の胸に飛びついた。

「いいから、もう、お店にお帰り、おっかさんが待っているから……。おい、だれか、この子をお常《つね》に渡してきておくれ」

天野屋が首を回すと、手代ふうの男が走りよって、

「ぼっちゃま、さあ……」

まるで大事な玉でも扱うように、手をひいて、十四郎がつっ立って眺めていた傍を通って、店への橋を渡っていった。

男の子は、天野屋が外につくったお常という料理屋で働いていた女に産ませた倅《せがれ》のようだった。

寺の中で、悶々《もんもん》として過ごしているおるいのことは頭の片隅にもないような、幸せな別の家庭が天野屋にはあるようだった。

十四郎が男の子を見送って天野屋に目を転じると、天野屋の方から苦い顔をして近づいてきた。

「何の用でございますか」

言葉は丁寧だが、迷惑だといわんばかりの顔をみせた。

「おるいのことでしたら、何もお話ししたくありませんな」

「ほう、自分は幸せだから、おるいはうっちゃっておいても平気なのだな」

「言葉が過ぎますよ、塙様」

「そうかな。俺は、おるいはよく辛抱していたものだと感心して見ておった」

「嫌味なお人だ」

「それはそうと、丑松だが、お前を訪ねてきただろう」

「丑松……いえいえ、知りません。その事は、お役人様にも申し上げましたが、それが何か」

「しらばっくれるのもいい加減にしろ。俺は丑松の口から、お前を訪ねるのだと聞いておった。お前は、丑松が稼いだ金をそっくり預かっていたというではないか」

「ああ、そのお金なら、とっくにおるいの母親の薬代に消えておりますよ」

「何……お前は、勝手に、丑松の金を使ったというのか」

「私は丑松から頼まれておりましたからね、もしもの時はよろしく頼むと……だから、丑松の意に沿うように、おるい親子に使ったのでございます。あなた様にとやかく言われる筋合いはございません」

「しかしそれは横領ではないか。お前は金ばかりか、おるいまで奪ったのだ。丑松とは同じ郷里だというではないか。心が痛まないのか、お前は」

「塙様、あんな男と一緒にしてほしくありませんな。同じ郷里の者だと思えばこそ使ってやったんですよ、丑松を……。しかも、おるいの面倒までみてきたんです。丑松には礼を言ってほしいぐらいでございますよ」

「そうか……ならば近々、丑松がここに礼に参るだろうて」

「丑松が……」

天野屋の顔が強張《こわば》った。

十四郎はすかさず畳みかけた。

「丑松が何故、小伝馬町に戻らなかったのか……俺はお前が原因だったのではないかとみているのだが」

「ご冗談はおやめ下さいませ。しかし丑松も馬鹿なことをしたものですな。捕まれば死罪ではありませんか」

「そうかもしれぬが、命を賭けてもやり遂げたい何かがあったのだろう」

「……」

「いや、邪魔をした。もしも丑松が現れたら、知らせてくれ」

十四郎は、押し黙った天野屋に背を向けた。

だがその背を、射るような視線が見送っているのが知れた。

——丑松はここに来ている。

十四郎は確信を持って天野屋の木場を出た。

ぶらりぶらりと懐手で、仙台堀沿いを久永町から吉永町《よしながちょう》へ歩き、東平野町《ひがしひらのちょう》へ入る吉岡橋《よしおか》を渡ろうとした時、

「旦那、お待ち下さい」

伝馬船から手を振る者がいた。

橋の袂で待っていると、抱えきれないほどの大きな前挽鋸《まえびきのこ》を持った、短衣を着た木挽師が、船からひょいと下りてきた。身軽な男だが、年は四十を超えているようだった。

「旦那、そこで一杯、おごってもらえませんか。あっしは天野屋で十年来大鋸挽《おがひき》をやっている千蔵《せんぞう》という者なんですが、ちょいと旦那にお知らせしたいことがありやして」

「俺に」

「へい。ですが、こいつを鍛冶屋《かじや》にもっていって焼き入れするんだって、天野屋の旦那に嘘をついて出てきたんです。人目につくとまずいんですが……」

「よし、分かった」

十四郎は、すぐに千蔵を東平野町の縄暖簾に連れていった。

千蔵は、出された酒に手もつけなかった。

「で、俺に知らせたいこととはなんだ」

十四郎も一杯だけ飲んで盃を伏せた。

「丑松さんのことでございやす」

「そうか。丑松はやっぱり天野屋にやってきたんだな」

「へい。火事のあった翌日の朝早くめえりやした。あっしが仕事にかかろうとしている時に、木場に渡ってきやして、近くにいた天野屋の旦那に挨拶したんです」

千蔵が丑松の声に気づいた時、丑松は木場一帯を白く覆った朝靄《あさもや》の中に立っていた。

天野屋はその時、帳簿を片手に木置き場を調べていたが、自分を呼んだのが丑松だと知って驚き、自分の方から丑松に歩み寄った。

「おひさしぶりでございます」

丑松は、懐かしそうな顔をして頭を下げた。感無量《かんむりよう》といった体《てい》で、天野屋に会えたことを、心から喜んでいるふうだった。

「よく生きて帰れたものだね、丑松」

「へい。天野屋の旦那にはいろいろお世話になり、申し訳ありません」

「店もたいへんな損害を被りましたよ。でもね、それよりもお前さんたちの安否の方が気になって……でもまあ、お前さんだけでも、こうして帰ってこられてよかった」

「旦那……」

丑松は、感きわまって涙ぐんだ。

「で、もう自由の身になったのかい」

「いえ、切放しで三日の間だけです。その間に旦那にお礼も申し上げ、金のこともおるいのことも、お聞きしたかったものですから……」

「そうか……礼など無用のことだが、金はおるいのおっかさんに使わせてもらいましたよ。いえね、お前さんがいなくなって二年目に亡くなりましたが、薬代がかさむとおるいが言ってきたものですからね」

「そうですか。なら、いいんです。おるいの役に立ったんなら、それで……、そのおるいですが」

「それが、お前さんに謝らなくてはいけないんだが、おっかさんの治療費を稼ぐのだと言って、吉原に……」

「吉原……おるいは女郎になったんですか」

「おっかさんの薬代ぐらい私が立て替えてやると言ったんだが、あの性格だ。聞き入れては貰えませんでした」

「おるい……」

丑松は、そこに崩れるように膝をついた。

だがすぐに、天野屋を仰ぎ見ると、

「旦那、おるいを助けるためには、どうすりゃあいいんですか。教えて下さい」

天野屋の腰にすがりついた。その手を天野屋は、優しくとらえて、

「身請《みう》けという手もあるにはあるが、もう諦めた方がいい。お前さんもすぐに牢屋に戻る身だろ。それにね、助けたところで、昔のおるいじゃないんだから……悪いことはいわないよ、晴れて自由の身になったら、別の女と一緒になった方がいい」

「それはできねえ」

丑松は、血相を変えて立ち上がり、天野屋をきっと見た。下げた両手は拳を作って震えていた。

「そんなことできねえ」

丑松は、もう一度言った。

「お前の気持ちは分からないでもないが、おるいを身請けするには大金がいるんだよ」

「幾らですか、旦那。おるいは生涯のあっしの女房だ。命を賭けても助けてやりてえ」

「丑松……」

「幾らいるのか、教えてくだせえ」

丑松は仁王《におう》のような顔をして天野屋に迫った。

「分かりました。そうまで言うのなら……そうだなあ、三百両はいるでしょうな。お前が三百両持ってきたら、私が捜し出して身請けをしてやろうじゃないか」

「ありがとうございやす。それじゃあ、あっしはこれで」

「行くのかい」

「へい」

「三日の間に、三百両つくれるのかい」

「………」

「諦めて帰るんだ。それがお前のためだ、丑松」

天野屋は強い口調で言った。だが丑松は、ぺこりと頭を下げると、まもなく靄の中に消えた。すると天野屋は、怖い顔をして、

「千蔵」

近くで鋸の目立てをしていた千蔵を呼んだ。

千蔵が顔を上げると、

「聞こえたかどうか知らないが、今聞いた話も、丑松がここに来たことも、誰に

もしゃべるんじゃない。もしも、お前がしゃべったことが分かったら、即刻うちの木場から消えてもらうよ。よろしいな」

天野屋は、千蔵が見たこともない恐ろしい顔で言い、店に引きあげた。

「あっしは、黙っていようと思いましたが、天野屋の旦那のやりようはあんまりです。人として許せねえ。そう思っていたところへ旦那が訪ねてきたものですから……」

千蔵は、辺りを気にしながら小さい声で言って、顔を曇らせた。

天野屋の木場で丑松のことを知っているのは千蔵だけで、当時の職人はみな他の木場に散って行ったのだと、千蔵はつけ加えた。

「そうか。そんなことがあったのか」

十四郎の胸は、聞いているうちに怒りで膨《ふく》れ上がっていた。

天野屋は、おるいが吉原の女郎になったと言えば、丑松は諦めて引きあげるだろうと思っていたのかもしれぬ。

しかし、千蔵の話から推測すると、丑松は身売りもしていないおるいの身請けの金をつくるために、小伝馬町に戻らなかったのだ。

命を賭けた丑松の逃避行は、天野屋の虚言《そらごと》から始まったといえる。

「旦那、あっしはこれで。一足先に帰らせていただきやす」

千蔵は、素早く腰を上げると、暖簾の外に消えていった。

――許せぬ。

当てもなく江戸の町を徘徊《はいかい》している丑松の姿が、十四郎の脳裏を過《よぎ》った。

「親父」

十四郎は酒代を置くと、日の陰り始めた表に出た。

五

「十四郎様」

天神橋《てんじんばし》に差しかかった時、藤七が忌物《いみもの》でも見たように立ち竦《すく》み、十四郎の袖を引いた。

夜目にも橋の上に立っている者が、奉行所から遣わされた追っ手であることはすぐに分かった。

天神橋は、隅田川の東、竪川《たてかわ》から北に延びている横十間川《よこじっけんがわ》にかかっている橋で、この橋を渡った東には北側に亀戸《かめいど》天神や『臥龍梅《がりょうばい》』で有名な梅屋敷を持つ亀戸町が広がっている。

富裕な人の別宅も多い町だが、目指す仕舞屋《しもたや》は天神橋から延びた道の、亀戸天神の塀が切れたところにあると聞いていた。

十四郎と藤七は、道の両脇に同心や岡っ引が張り込んでいるのを目の端に置きながら、東に向かった。

半月だが月は冴えており、人通りの絶えた軒下に待機している人数まで、はっきりと読み取れた。

次第に緊張が高まってくる。

今日の夕刻のことだった。橋屋に帰ると、

「十四郎様、たいへんなことになりました。丑松さんが人質をとって立て籠《こ》もり、三百両を要求しているらしいのです」

お登勢が、玄関に走り出てきて告げた。

「場所は何処だ」

「亀戸に、日本橋に店を持つ材木問屋『大松屋《だいまつ》』のご隠居さんのお住まいがあるんですが、その家です。松波様からすぐに十四郎様に来ていただきたいという連絡が、ついさっきありました」

「分かった」

十四郎は、すぐに藤七と橘屋を出たのである。

お登勢の話によれば、大松屋の隠居は亀戸で女中一人を置いて暮らしていて、七十近い老女だという。

あの丑松が、そんな年寄りを盾にして金を要求しているなどと、信じたくはなかったが、追い詰められて丑松も鬼になったのかもしれない。

老女の無事を祈りながら、亀戸天神の鳥居をすぎてすぐだった。

道の南側の一軒家が、役人数人に取り囲まれていた。家の中から微かに灯の色が漏れているのが見えた。

「塙さん」

松波が十四郎に気づいてやってきた。

「丑松は、今夜亥《い》の上刻（午後九時）、大松屋の主本人に三百両を持ってくるようにと言ってきています。それればかりか町方が踏み込んだら老婆は殺すと……何を血迷ったのか、信じられません」

「そのことですが、ちょっと……」

十四郎は松波を隣家の軒下に誘い、天野屋で働いている木挽師千蔵から聞いた話を、手短に告げた。

松波は、横顔をみせてじっと聞いていたが、聞き終わると、

「天野屋の奴……」

怒りを込めた目で、空を睨《にら》んだ。

その時だった。

「松波様」

風呂敷包みを抱えた若い女が走ってきた。

女はおくみといい、大松屋の隠居の世話をしている女中だと、松波が教えてくれた。

おくみは丑松の要求を持って、日本橋に走っていたのである。

「それで、大松屋は了解してくれたんだね」

松波はおくみに聞いた。だが、おくみは青白い顔をうつむけて、

「今夜は無理です。旦那様はお出かけだって、番頭さんが」

「何……番頭の采配《さいはい》でなんとかならぬのか」

「明日まで待ってもらうようにっておっしゃるんです。でも、私、見たんです。旦那様が廊下を渡っていく後ろ姿を……居留守を使ったんです、旦那様は」

「……」

「ご自分の本当のおっかさんだったら、どこにいたって飛んでくる筈でしょう。ご隠居さんが可哀相」

おくみは、しくしく泣き出した。

怪訝《けげん》な目で見た十四郎に松波は、大松屋夫婦は、ご隠居にとっては養子夫婦なのだと言った。

「しかし、大松屋といえば江戸で五指に入る材木問屋だ。三百両の金などなにほどのこともないだろう。養子夫婦とはいえ、大きな身代《しんだい》を貰いうけたのだ。恩こそあれ仇《あだ》で返すとは……」

十四郎はあきれ顔で言い、おくみを見た。おくみは十四郎の言葉に気を強くしたのか、顔を上げると訴えるように言った。

「日本橋のおうちだって、大きなおうちです。それを、ご隠居さんにはゆっくり余生を送ってもらいたいなどとおっしゃって、この亀戸にほうり出すようにして住まわせて。私、かねがね酷い人たちだと思っていました。三百両のお金が惜しくて、親を見殺しにするなんて、こんなこと、ご隠居さんが知ったら、どれほど嘆くでしょうか」

持ちも変わる」

「松波さん。俺が丑松に会ってみよう。天野屋に騙されていることを知れば、気

「困ったな」

十四郎は、おくみの後ろから板塀を回って、裏口に立った。

表もそうだが、この家は周りをぐるりと高い塀で囲ってあり、裏口も木戸では

なくてくぐり戸になっていて、しかも小さな錠前がかかっていた。ひどく用心深

いつくりだと思った。

おくみは袂から鍵を取り出すと慣れた手つきで鍵を開けた。

中に入ると、今度は中から鉄の閂《かんぬき》をかけるようになっていて、女二人の生活

の心細さが窺えた。

おくみが裏口から入るということは、常々表は固く閉じられているようで、軽業《かるわざ》

師ならともかく、容易にこの家には押し込みも入れないのではないかと思われた。

あの丑松が、どうやってこの家に入ったのか、不思議な気がした。

裏庭には、月明かりの中に、野菜や草花が植わっているのが目に入った。女二

人は、野菜をつくり花を育てるなどして、気を紛《まぎ》らわして生活しているようだっ

た。

「こちらへ……」

おくみは小さい声で言って、裏庭から台所口へ回り中に入った。

十四郎もおくみの後ろから中に入ると、壁に身を寄せた。

「誰だ」

険しい声がして、奥の座敷から男が出てきた。

丑松だった。

丑松は手に茶碗と箸を持ったまま出てきていて、おくみを見ると、

「大松屋さんは金を持ってきてくれるんだろうな」

念を押すように言った。

「それが……」

おくみが、ちらりとこちらを見た時、十四郎が飛び出した。

「丑松」

「旦那……」

丑松は、びっくりして茶碗を落とした。板の間に、白く柔らかい粥のような飯が散らばった。

すぐさま丑松は、箸をほうり投げて、懐から匕首《あいくち》を抜いた。

「旦那、ここは黙って帰ってくだせえ」

「丑松、まあ聞け。俺はお前を捕まえに来たのではない」

「騙されるもんか。表に役人が大勢いることは分かってるんだ」

「俺は捕り方ではないぞ。お前を助けたい一心で、話をしにきたのだ」

「あっしを助ける……嘘だ。その手に乗るもんか。どうせあっしは、あの牢屋から出しては貰えねえんだ。それならいっそ……死ぬ前にどうしてもやらなきゃならねえことがあるんだ」

「おるいを助ける三百両を手に入れることか」

「そうだ」

「馬鹿な。お前はな、天野屋に騙されたのだ。おるいは吉原などにはいない」

「何だと……じゃあ、どこにいるんだ」

「……」

「それみろ。いい加減なことをいうんじゃねえ。旦那にとやかく言われなくても、今夜、金を手にしたら、こっちからお縄になる。だからそれまで、待ってくれ」

「丑松、頭を冷やせ。俺はな、千蔵に会ってきた。千蔵はお前のことを心配して、こっそり俺に、お前が騙されていることを教えてくれたのだ。話を聞け」

「駄目だ。金が先だ」

丑松は、真っ赤な顔をして怒鳴った。

「金は今夜は無理だというぞ」

十四郎が言いながら、上に上がろうとしたその時、

「邪魔をしたな。許せねえ」

丑松が身を翻して十四郎に突進してきた。

力まかせに振り下ろしてきた匕首が、十四郎の顔をかすめるように風を切った。

だが、難なく躱《かわ》した十四郎は、丑松の手首に手刀を打った。

丑松は匕首を落とすと同時に、勢い余って土間に転げ落ちた。

「ちくしょう」

丑松が起き上がって、転がっている匕首を拾った時、

「丑松さん、お止めなさい。お武家様も、どうか、丑松さんのこと、許してあげて下さいませ」

白髪の痩せた老女が、這いずり出てきた。

「ご隠居様」

おくみが、白髪の老女に走り寄った。

老女はおくみに抱きかかえられるようにして、十四郎に言った。

「人質騒ぎは、丑松さんが考えたことではありません。このばばがそうしろと教えたのです」

「何と……」

十四郎は驚愕して、老女を見、そして丑松を見た。

「丑松、本当か」

十四郎が問いただすと、丑松はへなへなとそこに座った。なめくじが塩をかけられたように首を垂れ、もはや万策《ばんさく》尽きたというような顔で、

「ご隠居様」

泣きそうな声を出した。

老女は、きっと丑松を見ると、

「安心しなさい。お金はこのばばがきっと渡してあげます。大松屋の身代を考えて、このまま死んでいこうと思いましたが、ようやく決心がつきました。店の沽《こ》券《けん》はまだこのばばの物、あの人たちの思うようには、もうさせません。お武家様、いろいろとお話ししたいことがあります。どうぞこちらへ」

老女は、部屋の奥に首を向けた。

その座敷には、老女が臥せっていたようで、中央に布団が敷いてあり、布団の脇には膳が出ていた。

先程丑松が手にしていた茶碗は、その膳にあったものだと察せられた。

老女は、おくみの手を借りて、布団の上に足をのばして座ると、

「丑松さんが、このばばに夜食を食べさせてくれていたのですよ」

ちらと、傍に座った丑松を見て、嬉しそうな笑みを見せた。

――いったい、どうなってるんだ、これは……。

十四郎が怪訝な顔を老女に向けると、老女はまず、名をおむらと名乗った。

おむらの話によれば、三日前の早朝、おむらは人気《ひとけ》のない天神様に参り、帰ろうと踵《きびす》を返した時、突然、足首に痛みを感じて蹲った。

おむらは、亀戸に移ってきてから毎朝、人々が起き出してくる頃に天神様にお参りしていた。

社は緑の中にあり、湿った草木の香りに包まれて手を合わせていると、日々の侘《わび》しさや、心底にあるわだかまりも和《やわ》らいでいくような気がしていた。

胸のうちに押し込んできた感情は、ここに移ってきた時のままで、体が老いる

のを見て見ぬふりをしてきた感がある。

だがその日は思いがけず不覚をとって、改めて肉体の老衰をみせつけられたような気がしたのであった。

女中のおくみは、押上《おしあげ》村の実家で法要があり、二日の暇をとっていた。おむらは自分の力で家にたどり着かなければならず、激痛のおさまるのを蹲ったまま待っていた。

すると、砂利を踏む音が聞こえたと思ったら、面前に男の手が差し延べられた。

「ばあさん、大丈夫かい」

顔を上げると、体つきに似合わぬ優しげな目をした男が見下ろしていた。それが丑松だった。

丑松は、おむらをおんぶして家まで運ぶと、常備していた万能膏《こう》を塗り、すぐさま医者を呼んできて手当てを頼んだ。

医者は、足を挫《くじ》いたものらしいが、しばらくは動かさないほうがいいと注意して帰っていった。

丑松は、しばらく考え込んでいた様子だったが、意を決したように体を起こすと、湿布の貼り替えから食事の支度までこまめにおむらの世話をした。

「あっしは、事情があって、国元のおっかさんにも十年来会っていません。この先も会えるかどうか……生きていたらばあさんと変わりない年齢です。傷が治るまで、あっしを息子と思い、なんでも言いつけて下さいまし。ばあさんの手助けができやしたら、いくぶん、今までの親不孝も気持ちが楽になるというものです」

丑松はそんなことを言って、おむらをなぐさめた。

おむらがぼんやりしていると、傍に来て、陸奥《みちのく》の変わった風習などの話を聞かせた。そして、津軽《つがる》の山で伐採した木材が、遠路はるばるどのようにして江戸に運ばれてくるのか、額に汗して話すのであった。

語りは下手でも、おむらの不安を払ってやろうとする丑松の心根は、おむらの胸深くに届いたのであった。

養子夫婦に厄介者《やっかいもの》扱いされていたおむらである。おむらは丑松に、親昵《しんじつ》の感を抱くようになっていた。

「このばばも、材木商のおかみでした。丑松さんの話はおもしろくて、時の経つのを忘れました。こんなに幸せな気分に浸《ひた》れたのは初めてです」

おむらは、傍で俯いている丑松を、愛息を見るような目で見詰め、そしてまた話を続けた。

「ところが、漂流した話に及ぶと、丑松さんは口を噤《つぐ》んで今にも涙をこぼしそうな顔をします。そこから先を、話そうとしないのです。無理にせがんでその訳を聞き、すべてが分かったのでございます。私をここに運んでくれたその日の夕刻が、回向院に帰る刻限だったことも知りました。丑松さんは、どうせ三百両のお金を作らなくては牢には戻れないのだといい、ばあさんが心配することはないのだと……それで、おるいというお人の話も聞きました。そういう事情ならこのばばがと……とはいえ、ここにはお金がありません。婿も嫁もすんなりお金を出してくれるとは考えられず、思いついたのが、このばばを人質にして、大松屋からお金を引き出すことだったのです」

おむらは、第一便では人を使って婿と嫁に、人質にとられているから金を持ってくるように文を送りつけた。その時、けっして町方には知らせないように、知らせれば私の命の保証はないと書き添えたのだが、養子夫婦は早々に町方に届けたのであった。

憤慨したおむらは、実家から戻ってきたおくみを第二便として使いに出した。

「その結果も、お聞きになった通りです。日本橋から追っ払ったばばに、あの二人は、もうお金は出したくないのでしょう。私が殺されるのを待っているのかもしれません。まったく、眼鏡《めがね》違いもいいところでした」

おむらは、悲憤の表情《いろ》を浮かべ、深い溜め息を吐き、

「そういう事情でございますから、丑松さんが帰らなかったのも、大松屋にお金を要求したのも、このばばが原因だったのだと、塙様からお役人に伝えていただけませんでしょうか。丑松さんへの疑いを晴らすためなら、このばばは、どんなことでも致します」

じっと、十四郎を見詰めてきた。

「ご隠居の気持ち、重々分かり申した。おっしゃる通り掛け合ってみよう。しかし丑松」

十四郎は、うなだれて聞いていた丑松に向いた。

「三百両は必要ないぞ。おるいはな、今、慶光寺で修行の日々を送っているのだ」

十四郎は、ついにおるいの居場所を告げた。黙っている訳にはいかない、本当のことを教えてやるべきだと思ったからだ。

「慶光寺で……おるいは尼さんになっているのか」

丑松が、驚いた顔を上げた。

「いや、離縁したいといい、寺に駆け込んできたのだ」

「離縁……おるいは誰かと所帯を持っていたんですか」

「うむ。天野屋だ」

「天野屋……」

呆然とする丑松に、十四郎は今までの経緯を話してやった。

おるいがなぜ、天野屋と一緒になったのか、なぜ今慶光寺で修行しているのか。

「おるいはな、私は死んだと、丑松さんに聞かれたらそう伝えてくれと言ったのだ」

「……」

「お前が衝撃を受けると思えば、耐えられなかったに違いない。ただ、千蔵の話を聞いた時から、お前には本当のことを告げてやらねばと考えていた。そしたら、この騒ぎだ。肝を潰したぞ」

「……」

「丑松、このままここから、小伝馬町に帰れ」

「……」

「丑松……」

「旦那……小伝馬町には帰ります。だが、一目、おるいに会いてえ」

丑松は悲痛な声をあげた。

「丑松……」

「会わせてくだせえ、塙様。せめて、死に土産に、おねげえします」

「………」

「塙様。わたくしからも、お願いします。老い先短いこのばばの願いを、どうぞお聞き届け下さいますよう、お役人様に……」

おむらも手をついた。足を投げ出しているために尋常の姿勢ではなかったが、細身ながら、一つ、折り目の通った綽然《しやくぜん》たるものがあった。

「うむ……」

十四郎は、刀を摑んで立ち上がった。

六

慶光寺の境内は、秋の気配に包まれて静寂の中にあった。

寺務所に射し込む陽の光も夏のけばけばしさが取れ、どこまでも澄みきって透明だった。

こころの疲れを癒やしてくれるような陽の色だったが、寺務所の中は、息詰まるような緊張に包まれていた。

松波孫一郎が、上役の北町奉行や要所要所に働きかけて、丑松が回向院に戻らなかった訳を話してまわり、とりあえず丑松はおるいとの対面を許されて、ひそかに慶光寺の寺務所に入り、おるいが現れるのを待っているところであった。

松波は、丑松が大松屋の隠居おむらの看病をしていたことを強調し、それはひとえに、お上が勧奨している『親孝行』に沿った行いであって、褒められこそすれ、それがために刻限を守らなかったと罰の対象にするべきではないと訴えたのである。

丑松は、もって生まれた人の好さから、おむらを放って回向院に走ることができなかった。回向院に走っていれば、おむらは食事もとれずに衰弱死していたかもしれぬ。

この江戸では、捨て子の保護はむろんのこと、行き倒れの世話や、犯罪を犯して無宿人《むしゅくにん》となった者が追放されていく時の路銀《ろぎん》など、頼るべき者のない人たちには、町は手厚い心をかけているではないか。

そういった世情の中で、お上はとくに親孝行を奨励している。

その背景には、むろん、武士の世の身分制の絶対を守るという命題がある訳で、過去には、無理にも親孝行息子を探し出して表彰し、絶対的な身分制度を市民にすみずみまで知らしめた経緯もあるではないか。

そういった諸々を、松波は強調したのであった。

ただ、それで、死罪を免れたという決裁も下りていなかったし、人質事件については とくに、千蔵の証言を聞いた上で処分決定をする手筈になっていた。

ところが、千蔵は天野屋の木場から、あれ以来姿を消していて、町方は探索の最中だった。

だからまだ、丑松の処分は未決のままだったが、丑松はとっくに死は覚悟しているようだった。

「遅いな……」

金五が、組んでいた腕を解いて、十四郎に言った。

おるいの意向を聞きに庫裏《くり》に向かったのはお登勢であった。

それがもう、半刻にもなろうかというのに、お登勢もおるいも、寺務所に姿を現さない。

丑松に与えられたおるいとの面会は、一刻と決められていた。

寺務所に入って一刻が過ぎれば、橋屋で待機している同心が迎えにくる。時間がなかった。

「よし、俺がみてくるか」

金五が腰を上げた時、戸口にお登勢が現れた。

お登勢は後ろを振り返って「おるいさん」と呼んだ。

途端に、丑松の顔が強張った。

丑松は下を向いたままで、おるいを迎えた。

おるいも、うつむき加減に入ってきて、お登勢に促されるままに、丑松の差し向かいに腰を下ろした。

二人は、自分の膝に目を落としたまま、相手の言葉を待っているようだった。

やきもきしながら見守る十四郎たちの気持ちをよそに、おそらく、百は数えるほど沈黙していただろうか。

金五が、ついに口を出した。

「丑松……」

だが、丑松は、膝をぴくりと動かしただけだった。

「おるいさん……」

今度はお登勢が呼びかけたが、おるいもじっとしたままである。

「無理もないが、いいのか……このままで、せっかく会えたんじゃないか」

また金五が言った。

それでも動かぬのを見たお登勢が、

「丑松さん。おるいさんには、あなたが、おるいさんを助けるために、死罪覚悟で三百両のお金をつくろうとした事を、お話ししましたよ。おるいさんは、あなたには会えないと言っていたんですが、それを聞いて、あなたに会う決心をしてくれました。こうなったのは、あなたやおるいさんが悪いのじゃありません。運命というには、あまりにも過酷ですが、それを今更言ってもしょうがありません。伝えたいことがあるんでしょう。だったら、きちんと伝えなくては……」

丑松の顔を覗くようにして言った。

丑松は、頷くと、真っ赤な目を上げた。

「おるいさん、苦労をかけたようで、すまねえ」

おるいの前に手をついた。

「丑松さん……」

おるいは、その言葉を聞いた途端、両手で顔を覆って泣き出した。絞り出すような、泣き声だった。

丑松は言った。

「おるいさん。あっしは、おるいさんがあっしのことを忘れていなかった、それだけで幸せです。もう、心残りはありやせん。本当にありがとう」

「私も……」

と、おるいは答えた。おるいは、そう答えるのが精一杯の様子だった。どんな慰めの言葉を言っても、丑松は死罪になるかもしれないのである。

二人は見詰め合ったまま、また次の言葉を探しているようだった。

「まったく……」

金五が苛立《いらだ》った様子で、二人の間にどかりと座ると、

「丑松」

丑松の手を乱暴に引っ張ると、もう一方の手でおるいの手を引き寄せて、二人の手を合わせてやった。

「おるいさん」

「丑松さん」

二人は、堰《せき》を切ったように、両手で握り合って名を呼び合った。

だが、次の瞬間、丑松はおるいの手を放すと、懐から剃刀《かみそり》を取り出した。

「丑松」

金五が取り押さえようとするより早く、丑松は剃刀を髻《もとどり》に当て、切った。黒い髪が肩に落ち、凄惨な表情が現れた。

「おるいさんには、迷惑かもしれねえが……」

丑松は、おるいの手に、切った髻を載せた。

おるいは、首を振って否定すると、その髻を両手に包んで丑松に頷いた。

「それじゃあこれで」

丑松は、立った。

「丑松、まだ時間はあるぞ」

金五が呼び止めたが、

「いえ、もうこれで……あっしは心置きなく死んでいけます」

丑松はほほ笑みさえ見せて、おるいの視線を振り切るように、土間に降りた。

そこへ松波が険しい顔で現れた。

ちらっと丑松に視線を投げると、松波は十四郎の耳もとに、

「千蔵が、死体で見つかりましたよ」

と、丑松には聞こえないようにささやいた。

きっと見た十四郎に、松波は頷いた。

これで、丑松がおこした人質事件は天野屋の虚妄《きよもう》の言に惑《まど》わされた結果だという証拠が消されたことになる。

――丑松の前途は……。

十四郎は暗澹《あんたん》とした気持ちで、松波の後に従う丑松を見送った。

その憂いが現実のものとなったのは、十日程後のことだった。

「十四郎様、丑松さんは、今朝斬首《ざんしゅ》されたようでございますよ」

藤七が肩を落として帰ってきた。

橘屋の庭の萩の花が咲きそろい、首を垂れてさらさらと乾いた音をたてていた昼過ぎのことだった。

「まことか」

十四郎は、愕然として傍にいたお登勢と見合った。

二人は金五に頼まれて、女剣士秋月千草《あきづきちぐさ》の道場に結納《ゆいのう》の品をおさめて帰ってきたところであった。

——そんな馬鹿なことがあっていい筈がない。

十四郎は、憤然として腰を下ろした。

有り得ないことではなかったが、納得がいかなかった。

松波から、千蔵の死体が浄心寺《じょうしんじ》の裏手の林の中で見つかったと聞いた時、天野屋が殺《や》ったに違いないと十四郎は確信した。

千蔵が十四郎に、天野屋の非道ぶりを話してくれたのが、浄心寺とは目と鼻の先の、東平野町だったからである。

千蔵は胸を刃物で刺されて殺されていたらしいが、遺体はかなり腐乱していて、人相の判別はむずかしかったようである。だが、近くに鋸が転がっていて、それが決め手となったということからも、十四郎と会ったあの日に殺されたのは間違いなかった。

十四郎はそれを聞いて、すぐに番屋に走って、現場にあったという鋸を手に取った。

遺体はすでに荼毘《だび》にふされていて、大きな鋸だけが番屋に残されていたのである。

鋸の柄には『千蔵』の焼きが入っていた。

柄は黒く、千蔵の汗が芯までしみ込んでいて、鋸は両手で抱えなければならぬ程、ずっしりと重かった。

——千蔵、お前の死は無駄にはせぬぞ……。

十四郎は、短衣を着た千蔵が、天野屋の目を盗んで伝馬船で追いかけてきた時の姿を思い出していた。

むろん松波にもその時の状況を知らせたが、松波は、天野屋を下手人とするには、証拠が何もあがっていないのだと苦い顔をした。

十四郎はすぐに藤七を連れ、浄心寺に走った。

寺の小者《こもの》に、遺体が発見された場所を案内させた。そこは、めったに人が足を踏み入れるような場所ではない、閑散とした寺の死角に当たっていた。

遺体が転がっていたという一角が、ずいぶんと踏み荒らされていて、それも、かなり広範囲のものだった。

足跡を確かめるように林の中を見回っていると、

「十四郎様……」

藤七が手巾《しゆきん》を拾ってきた。

誰のものとも分からなかったが、手巾には墨のついた手で押さえたと思える紋様と血痕が付着していた。

――下手人のものに違いない。

そうは思うが、手巾に名が書いてある訳ではない。紋様はというと、これは誰の指の先にもある紋様で、それが誰のものと特定できる筈もない。

いっそ、天野屋に脅しでもかけてみようかと考えあぐねていたところへ、ふらりと、慶光寺のかかりつけ医である柳庵《りゆうあん》が橘屋に立ち寄った。

慶光寺の主、万寿院様のご機嫌伺いだと柳庵は言い、自然と丑松とおるいの話に及んだ時、十四郎が手巾の話を持ち出した。

すると柳庵は、興味深く手巾をじっと見詰めていたが、すぐに自身の手に墨を塗りつけて布に押し、虫眼鏡でじっと覗いた。

何度も同じことを繰り返した後、

「十四郎様、この手巾で下手人が捜し出せるかもしれませんよ」

嬉々とした顔を上げた。

「まことか」

十四郎が身を乗り出すと、

「まず一つには、この手巾についている墨は、私たちが文を書く時の墨ではございません。これは、材木などに墨を入れる時の粘りのある墨です。ごらんなさい、ほら。いま私がつけた墨は、布に滲むでしょ」

柳庵は、その箇所を指差した。

「柳庵」

十四郎が驚いた顔を上げると、柳庵は襟《えり》を直すように手をやって科《しな》をつくった。得意げに流し目を送ってくる柳庵は、歌舞伎の女形を望んでいたというだけあって色っぽい。

十四郎は苦笑して、

「して、二つ目は」

柳庵の顔を見詰めた。

「二つ目は、この指の紋様です。私の五本の指の紋様でも、みんな違いますでしょ、ごらんになります？……虫眼鏡で」

十四郎は柳庵が差し出した虫眼鏡で、紋様を覗き見た。なるほどと頷けた。

「よく、調べてみないと分かりませんが、指の紋様は同じ人もあれば、そうでない人もいる筈です。ですから、この紋様で天野屋に脅しをかけることができるのではないでしょうか」

じっと見た。

「いや、かたじけない。恩に着る」

十四郎は、橘屋を飛び出して、仙台堀に出ると、小走りするようにして、久永町の天野屋の店に入った。

「これは塙様」

天野屋は奥から出てくると、膝をついた。

老獪《ろうかい》な笑みを浮かべて、何を言いにきたのかという顔をした。

「天野屋、一緒に来てもらうぞ」

「また、なにごとでございますか」

「証拠があがったのだ、千蔵殺しの証拠がな」

十四郎は懐から手巾を出した。

「それがどうかしましたか。私と千蔵殺しと、どんな関係があるとおっしゃるのでしょうか。いいかげんにして下さいませ」

天野屋は膝を立てた。

十四郎はその膝をぐいと扇子で押し戻し、

「この手巾には、お前の指の跡がついている。違うというのなら、奉行所で言うがよいぞ。お前の十本の指すべてを押せば、この手巾にある紋様といずれか同じ紋様がある筈だ。来るんだ」

十四郎は有無を言わさず、天野屋をひきずりだして、与力松波に引き渡したのであった。その後、松波から詮議の結果は届かないままだったが、

——まさか、あの天野屋が無実だったというのだろうか。

あの時、力ずくでも白状させればよかったと、十四郎が縁側に出て、萩の揺れるのを呆然と見ていると、着替えをすませたお登勢が茶を運んできた。

「十四郎様、おるいさんに丑松さんのこと、しばらく伏せておきましょうか。死罪になるという覚悟はできているでしょうが、丑松さんが死んだと知ったら、おるいさんの今後が心配です。思い詰めてばかりいて、目が離せないのだと春月《しゅんげつ》尼《に》様も申しておりましたし……」

「いや、本当のことを言ってやるべきだ。丑松の死を乗り越えることこそ、丑松の願いだと俺は思う。そこのところを、お登勢殿がしっかり話してやればよい」

酷だがそれしかないと、先程から十四郎は考えていた。

二人は、黙って茶をすすった。

「ごめん」

風に乗って、玄関でおとないを入れる松波の声が聞こえてきた。

「松波さんだ」

十四郎とお登勢が玄関に出て行くと、にこにこして松波が立っていた。

「松波様、丑松さんが今朝、斬首されたと聞きましたが……」

お登勢が尋ねるまもなく、丑松とおむらが、松波の後ろから顔を出した。

「丑松」

十四郎が驚愕の声を上げた。

「塙様、その節はありがとうございました。本日は倅、松之助《まつのすけ》のお披露目に参りました」

おむらが、満面に笑みを浮かべて、腰を折った。

「何、どうなっているのだ、これは」

「塙さん。あの手巾で天野屋は白状しましたよ。天野屋の身代は没収です。むろん、天野屋は死罪でしょう」

松波は、丑松処刑の形をとったのは、丑松を今後自由の身にする手段だったのだと言った。

「丑松は死んだが、松之助という男が生まれたのだ。私も今度ばかりは腹を括っていたのだが、丑松の漂流先が異国ではなくて無人島だったのも幸いした。とはいえ、向後、江戸から外には一生出られぬ」

松波は、にやりとして、松之助となって恐縮して立っている丑松を見て言った。馬子《まご》にも衣装とはよくいったもので、上物の着物を着た松之助は、あの丑松とは思えぬ変貌ぶりである。

松波は、丑松救出にはおむらの力も多大であったのだとつけ加えた。

おむらは、大松屋の養子夫婦に多額の手切れ金を渡して縁組みを解消すると、即刻身代を売り払い、千両に及ぶ金を幕府に上納して、丑松の助命の嘆願を願い出たのだという。

「大松屋の商いは小さくなりましたが、亡き夫の形見を潰す訳にも参りません。松之助とがんばってみようと思います。おるいさんが修行を終えたら、松之助の嫁にと考えております。その時には、また、皆さんにお世話になると存じますが……」

「おむら……」

十四郎は、おむらの太っ腹に度肝を抜かれていた。

おむらの顔には、七十近いとは思えぬ精気が漲っていた。かつて大店大松屋のおかみとして采配をふっていた時の、凛然《りんぜん》としたものが窺えた。

「このばばもまだまだ死ねません。松之助……」

おむらが、松之助を促すと、松之助は神妙な顔つきで、おむらの尻に従って帰って行った。

十四郎もお登勢も、唖然として見送った。だがすぐに、笑いが込み上げてきて、三人は見合って笑った。

「お祝いをいたしましょう、近藤様もお呼びして」

弾んだ声で、お登勢が言った。

第二話　赤い糸

一

「おあささんがいなくなった……いつのことです?」

　お登勢は驚いた様子で、おすみに聞き返した。

　芝神明宮《しばしんめいぐう》の鳥居を出てすぐ横手にある、茶屋の二階である。

　おすみは、小女《こおんな》がしょうがの入った甘酒をおいて下がると、顔を曇らせて、昨日、長谷川町《はせがわちょう》の裏長屋におあさを訪ねたところ、もう三日も前から家を留守にしているのだと長屋の者に聞き、心配しているのだと言った。

　おあさというのは、慶光寺に駆け込んできた女で、二年前に離縁が叶い、その後一年近く三ツ屋で働き、昨年の七月に店を辞めていった女であった。

目の前にいるおすみは、小間物屋の若女房だが、おあさとは同じ長屋で育った幼馴染みだと聞いている。

おすみは、おあさが寺入りしている時にたびたび橘屋にやってきて、おあさに差し入れをしていたようだし、三ツ屋でおあさが働いていた時も、ちょくちょく遊びに来ていたから、十四郎もお登勢も顔馴染みだった。

「今日ここに来るまでに、もしやと思ってもう一度長屋に寄ってきましたが、まだ帰ってきた様子はありませんでした」

おすみの嫁いでいる小間物屋は、おあさが住んでいる隣町の新和泉町《しんいずみちょう》にある。

「おすみさんにも、心当たりはないのですね」

「ええ……一度おあさちゃんがお店に訪ねてきたようですが、私その日は、ちょうど外に出ていたものですから、何も聞いていないのです」

おすみは、店の者から、おあさは元気がなかったと聞いた。

何か悩みごとでもあったのか。それなら、ひょっとして、おあさは橘屋に行ったのかもしれない。明日にでも橘屋を訪ねてみようと思っていたところだったと言った。

十四郎とお登勢は、昼過ぎに芝増上寺《ぞうじょうじ》の東にある神明宮の『しょうが祭り』

にやってきていた。

祭礼は毎年九月十一日から二十一日まで十一日間行われるが、ここで売られる土つきのしょうがが体に効くのだといい、境内は肩も擦れ合うほどの人込みだった。

十四郎が、お登勢が買い求めたしょうがを抱えたところに、

「十四郎様……お登勢様」

おすみが人を分けて近づいてきたのである。

おすみもしょうがを買ったようで、供の女中に大きな束を持たせていたが、女中を先に帰すと、おあさのことでおりいってお話があります、と言ったのである。

それでお登勢が、この茶屋におすみを誘ったのだが、おすみは、親友の自分にも何も言わずにおあさが消えてしまったことで、すっかりしょげかえっていた。

「前の亭主が嫌がらせをしに来たのじゃないだろうな。それで、身を隠している
ということは、考えられぬか」

十四郎は、おあさの亭主だった錺《かざり》職人の常次郎《つねじろう》が、離縁した後もおあさが働いていた三ツ屋にふらっと現れては、おあさに再縁を迫っていたという話を聞いたことがあった。

おあさが離縁を望んだのは、亭主の常次郎がどうのこうのというのではなくて、姑《しゅうとめ》のお種《たね》との折り合いが悪かったという理由だったので、常次郎はなんとかもう一度、やりなおせないものかと考えていたようだった。

寺の力で法の上では離縁となっても、別れた女房が忘れられず、乗り込んでいって、女房ばかりか一緒に暮らしている女房の父母や兄弟にまで斬りつけたりする亭主がいるご時世である。

常次郎の未練を、十四郎もお登勢も心配していたのであった。

だが、おすみは、

「いえ、三ツ屋を辞めてから、常次郎さんの話は聞いていません」

と、常次郎のことは否定したが、ふっと何かに思い当たったような顔をした。

「何だ、言ってみなさい」

十四郎が促した。

「三ツ屋を辞める頃だったと思いますが、おあさちゃん、頼れる人ができたんだって言っていたんです」

「頼れる人……初耳だが、何処の誰だ」

「『江戸紫女暦』を書いた、春永梅之助《はるながうめのすけ》とかいうお人です」

おすみは、物書きと役者と一緒にしたような名を出した。

「人情本《にんじょうぼん》を書いている男だな」

「ええ、『江戸紫女暦』を書いて評判をとった時、三ツ屋に上がったことがあるらしいんです。その時知り合ったらしいのですが」

「そういえば、思い出しました」

お登勢は忍び笑いを浮かべて言った。

昨年の七夕の頃、春永は門人と称する男や、春永の人情本に心酔した町場の女たちを引き連れて、三ツ屋にやってきたことがあった。

お登勢はその時、橘屋にいたのだが、三ツ屋から使いが来て、どうしてもお客さんが女将に挨拶させろというのだと言ってきた。

それで三ツ屋に走ると、とりまきを従えた春永が、二階の座敷で扇子をせわしなく使いながら、悦《えつ》に入っていたのである。

青白いほどの顔色。細い目。薄い唇。そういったものも手伝って、お登勢には軽薄な男にみえた。

以後、話題をさらうような本は書いてない。

記憶の外に置いていたお客だったが、まさか、おあさが春永と繋《つな》がりがあったとは……。

おすみは、お登勢が春永のことを記憶の中から呼び起こすのを待って、

「おあさちゃん、あの時、春永さんに書きためていたものを見てもらったらしいんです。そしたら、たいそう褒めてくれて、戯作者《げさくしゃ》になりたいのなら、うちにいらっしゃいって……」

「するとおあさは、その春永とかいう者の門人になるために、三ツ屋を辞めたのか」

十四郎はあきれ顔で、お登勢と見合った。

「多分……だっておあさちゃん、人情本の戯作者になるのは夢だったんです」

「それで、おすみさんの差し入れ、紙や筆が多かったのですね」

お登勢は、今ようやく納得したという顔で聞いた。

「はい……」

おすみの話によれば、おあさの夢は手習いに通っていた頃からのものらしく、娘の頃も、常次郎と所帯を持っていた頃も、寺で修行していた頃も、暇をみてはこつこつ何やら書いていたらしい。

言われてみると、目の前に座るおすみは、小間物屋の内儀としておっとりとし

て落ち着いているが、おあさはどちらかというと、いつも遠くを見詰めているような、夢見がちのところがあった。

「そういうことなら、春永のところに行っているのではないのか」

「それはないと思います。三ツ屋を辞めて、春永さんのところに通っていたのは三月ほどだったと思いますが、おあさちゃんは、夢は捨てたって言っていました。小さい頃から持ち続けていた夢を捨てるなんて、何かあったんだと思います……でも、そのことはもう……」

とは言うものの、おすみは不安な色を浮かべていた。


富沢町《とみざわちょう》には、古着屋が多い。

十四郎が立ち寄った店も、細々とだが、老婆が間口《まぐち》二間ほどの店に古着を吊って、通りを眺めながら、煙草《たばこ》をふかして客待ち顔で座っていた。

「春永梅之助が住んでいるのはこちらか」

十四郎が、暗い店を覗くようにして老婆に聞くと、老婆はうなずいて長い煙管《キセル》で二階を指した。

「いるのか」

垂れ下がった古着を掻き分けて、十四郎が中に入ると、

「いないよ」

老婆は、面倒臭そうに言った。だがすぐに、あんまり愛想がよくなかったと反省したのか、煙草盆に煙管を打ちつけると、

「待ってれば、帰ってくるよ」

「そうか。待たせてもらってもいいか」

「いいよ。旦那は梅さんの知り合いかい」

「いや」

「そうかい」

老婆はそれで黙った。

十四郎は、上がり框《かまち》に腰をかけて、通りを眺めた。

道のむこう、向かいの店も、その両隣もいずれも古着屋のようだった。結構人の出入りも多く繁盛しているように見えたが、十四郎がいる婆さんの店だけは、客はなかった。

おそらくその訳は、店番が婆さんだからというだけではなくて、吊り下げてある古着がどことなく垢染《あかじ》みて見えるからではないか。

十四郎はそんなたわいもないことを考えながら、春永梅之助を待った。

ここに来るまでに、十四郎はおあさが住んでいるという長屋に寄ってきた。

大家に事情を話して、家の中を覗いてみたが、台所も部屋も綺麗に片付いていた。

ただ、奥の三畳ほどの畳の部屋に古い文机《ふづくえ》が置いてあり、その上には傷んだ読本《よみほん》と、それを写本していたと思われる紙の束が置いてあった。

大家の話では、おあさは写本で生計をたてているらしく、本屋から預かった読本を置いたまま、無責任に姿を消すとは考えられないというのであった。

十四郎も、他の持ち物をそのまま置いていることから、おあさは何かふっと思い出して、家を空けてしまったという感じがした。

大家は、何度か男が立ち寄る姿を見たことがあると言ったが、その男の人相風体を聞いてみると、どうやらお登勢から聞いた春永梅之助ではないかと思われた。

しかしその男の姿を見たのも半年ほど前までで、近頃は小間物屋の若女房が訪ねてくるほかは、本屋ができ上がった写本をとりに来るだけだったと言って、大家もおあさがいなくなった理由は見当たらないという顔をした。

それで、十四郎は梅之助を訪ねる気になったのである。

お登勢の話では、梅之助は元は滝沢藩《たきざわ》の藩士の三男坊で、江戸に出てきてどこかの旗本の家士になったようだが、何が気に食わなかったのか浪人となって、人情本の戯作者になったのだという。

だが、こんな古着屋の二階に住まいしているということは、『江戸紫女暦』を書いたあとは、たいした仕事はしていないのではないか、と十四郎は先程から考えていた。

「梅さんだ」

老婆が言った。

十四郎は気づかなかったが、確かにちゃらちゃらと雪駄《せった》を鳴らす音が近づいて来た。

年寄りの癖に、老婆は耳がえらくよく聞こえるようである。

「ただいま」

青白い顔の優男《やさおとこ》が入ってきた。

「お客さんだよ」

老婆が十四郎をこなすと、梅之助は怪訝《けげん》な顔をして、十四郎の方に顔を向けた。

「おあさのことなんて、知る訳がないですよ」

梅之助は、栄橋《さかえ》の袂にある柳の木に背をもたせて腕を組むと、にやにやと十四郎の顔を見詰めてきた。

——お登勢が言っていた通り、嫌な男だ。

元は武士だったというが、そんな影は微塵《みじん》もない。崩れた感じの商家の若旦那といった風だった。

「しかし、冷たいな。おあさは門人だったというではないか」

十四郎は薄笑いを浮かべている梅之助に言った。

「門人なんかじゃありませんよ。ちょっとからかったら、本気にして……いや、近頃の女は分《ぶん》もわきまえずに困っていますよ」

「貴様……」

十四郎は、ぐいと詰め寄って睨めつけた。元武士と思えばなおさら、胸がむかついてきた。

「丸腰ですよ、私は……」

梅之助は両手を挙げて掌をみせ、ひらひらと振った。

——おあさは、こんな男を頼りにしていたというのか。

「無駄足だったようだな」

十四郎が体を引くと、

「こわいこわい」

梅之助は、大袈裟に言ってみせると、冷ややかな笑みを浮かべて十四郎を見た。

二

江戸の裏長屋は、一般に間口九尺《しゃく》、奥行き二間といわれているが、村松町《むらまつちょう》の常次郎が借りている裏店は、戸口から見た限り間口二間はあった。間口二間ということは、おそらく奥行きも三間はあると思われる。

常次郎はおあさと所帯を持つ時に、母親との同居も考えて、少し広い長屋を借りたようだ。

しかし、せっかくの新居もおあさがいなくなったためか、侘しげにみえた。

おとないを入れると、中からどうぞという女の声がした。声は常次郎の母親のお種のようだった。

おあさ離縁の調べの折は、まだ十四郎は橘屋に雇われてはいなかったから、お種に会うのは初めてだった。

十四郎が橘屋からやってきたというと、お種は膝頭に据えていた灸《きゅう》を払い落として、今更なんだという顔をした。

茶を出すつもりもないらしい。

十四郎が上がり框に腰を据えると、お種は十四郎の方にはまっすぐ向かずに斜めにすわり、険《けん》のある横顔を見せた。

「常次郎はいないのか」

十四郎は、家を見回しながら聞いた。

板間は、常次郎の仕事場になっているらしいが、作業机も金床《かなどこ》もほこりをかぶっていて、鏨《たがね》や大小あわせて数十本もあろうかと思われる鑢《やすり》などの道具が並べてあるのが、常次郎が錺職人だということをかろうじて証明していた。

お登勢の話では、おあさと所帯を持った時には、腕を見込まれて注文もさばき切れないほどあったらしいが、離縁が決まった頃には、仕事をするのも気紛れで、以前あった注文は影を潜めていたらしい。

だが今は、いっそう状況は悪くなっているとみえ、いつ仕事場に座ったのか分からないほどの寂れようである。

「みんな、あの女が悪いんですよ。あたしゃ、縁が切れて、せいせいしてますけどね、疫病神がいなくなって……」

お種は、鼻でせせら笑った。

「どうしているんだ、常次郎は……」

「さあ……母親のあたしには何も言いませんからね。あんな子じゃなかったのに」

「ふむ。しかし、いつまでもぐずぐずしていても困るだろう。霞を食って生きていく訳にもいくまい」

「橘屋さんにそんなことを言ってほしくありませんね。おあさの言い分ばかり聞いて、常次郎の話など聞いてくれなかったらしいじゃないですか。何を聞きたくて来たのか知りませんが、お陰さんで常次郎にも、いい人がみつかりましてね」

「ほう、どこの誰だ」

「まだ会ったことはありませんが、今度の女子《おなご》は、おあさよりずっと気配りのできる人です。そうそう、今年の暑い盛りに、あたしの好きな蒲焼《かばやき》を送ってくれましてね。そういう女子です」

「ふむ。それじゃあ、常次郎もこれからは、仕事に専念できるだろう」

と言いながら、閑散とした仕事場を見渡すと、

「何も錺職だけが仕事じゃありませんから。あの子は、ちゃんとお金を持って帰ってきています」

「では、おあさのことなど、何も知らぬな」

「おあさ……」

お種はきっと、顔を向けると、

「聞きたくもない名前だよ。帰っておくれ……帰れ」

鬼のような形相をして、床を力一杯叩いてみせた。

「邪魔したな」

十四郎は、横を向いたお種に一瞥《いちべつ》をくれた。

おあさが離縁を決心したのは、姑のお種との不仲だった。

お種という人物の性格を想像はしていたが、いやはや、凄まじいものだと、改めて思わずにはいられなかった。

外に出て戸を閉めると、俄かに、夕暮れ時の長屋の路地の賑わいが、十四郎の耳目に飛び込んできた。

陽は西に傾いて、路地には夕焼けが射し込んでいた。

振り返って、常次郎の家の腰高障子《こしだかしょうじ》を見た。

赤い陽が、さびしげに障子を染めていた。

子供たちが夕食を待つ間の、期待しながら声を弾ませて遊ぶ姿や、勢いに任せ怒鳴るようにかけ合う女房たちの声は、常次郎の家には無縁のようだった。

家庭は、罵《のの》り合いながらでも形を成していれば、それはそれで、その家にも絆やそれ相応の温かみがあると人は見る。だが、常次郎の家のように、家庭が壊れて皆ばらばらになってしまうと、障子のたたずまいにまで侘しさが漂っているように見える。

離縁を勝ち取ったおあさの失ったものは大きいが、常次郎もまた、かけがえのないものを失ったに違いなかった。

だがあのお種は、若い夫婦がかけがえのないものを失ったなどと思ってもいないに違いない。

何もかも嫁に責任転嫁することで、自分の正当性を言い募っているようでは、そこまでの考えに及ぶべくもない。

――可哀相な人だ。

十四郎が、井戸端で大根のような足を出して、米を研いでいる女に目礼して帰

りかけると、

「旦那……」

その女が、常次郎の家に気遣うような視線を送って、十四郎を呼んだ。

女は、あわてて、腰で濡れた手を拭くと、

「ちょ、ちょっと……」

すぐ近くの自分の長屋に、十四郎を招き入れた。

「あの、慶光寺の、駆け込みの人だってね」

女房は、どうやら、盗み聞きしていたらしい。

「そうだが、何か」

「常さんのこと、聞きに来たんだろ。それに、おあささんのことも」

「何か知ってるのか」

「おあささん、五日ほど前に来たんですよ、この長屋に」

「なに。まことか」

「はい……でね、おあささん、常さんのこといろいろ聞いて、それで帰っていったんですけどね」

「常次郎のことを……」

「ええ。常さんさあ、もう、あたしたちも見ててびっくりするほど変わっちまってるからさ。そのことを聞きたかったらしいのね」

「仕事をしていないことか」

「分かりました？……でもね、仕事のことだけじゃないのよ。近頃は人相も変わるほど、悪い奴らとつきあってるようでさ、滅多に家にもよりつかないのよ。家賃も溜まってるって大家さんが言っていたから、このままだと、常さん親子は長屋から追い出されちまうんじゃないかと、あたしは思ってるわけ」

「そのことを、おあさに言ったんだな」

「そうよ。だって、おあささん、お種さんにいじめ抜かれて、それでお寺に駆け込んだんだもの」

女房は、目をまんまるくして、昔おあさが何度も風呂敷包み一つを抱え、泣きながら路地を走っていったという話を、身振りを交えて告げた。

そんな時、おあさは一刻もすると、また、風呂敷包みを抱えて帰ってくるのだった。

おあさには行く当てがなかったようだ。

ここに帰ってくるしか、仕方がなかったんだろうと女房は言った。

「すると、常さんが『おっかさんに謝れ』って怒鳴るんだよ。謝らないと家には入れられねえって……で、おあささんは土間に手をついて謝るわけ。勝手なことをして、すみませんでした。許して下さいって……」

おあさが泣きながら謝ると、一応お種もその場は納得したような顔をするのだが、それも一時のことで、数日すると、またお種がおあさを叱る声が聞こえてくる。

長屋だから、そういった一部始終が、まわりの者に手にとるように分かるのであった。

「そうじゃなくても、皆耳をそばだててる訳だから……可哀相だったんだよ、おあささん」

「常次郎も、あのおっかさんでは、歯が立たなかったのだろうな」

「そうかもしれないけど、夫婦っていうものは、少々性格が合わなくったって、大喧嘩したって、二人きりの生活なら、いつの間にかよりを戻してるもんでしょ。でも、そこに年寄りが加わると、話はこじれにこじれて……いやさ、常さんとこは、そもそも喧嘩の原因がお種さんだったんだから救いようがないよ。お種さんがいなかったら、夫婦別れなんてなかったんだから、あの二人は……」

「で……おあさだが、常次郎の今を聞いて、どうしたのだ」

「それがさあ。あたしはてっきり、常さん親子の今を知ったら、ざまあみろと思うのかと思ったら、おあささんは顔を曇らせて帰っていったって訳よ」

「そうか、分かった。ありがとう」

「いいえ。あたしも余計なこと、言っちまったかなって心配していたから」

女房は、おあさにしゃべりすぎたと後悔しているようだった。

——ここに来るのは無駄足かと思ったが、収穫はあった。

十四郎は、既に日の落ちた路地に踏み出した。

実際、この長屋に来るまで、おあさの消息は知れるだろうかという危惧があった。

小間物屋のおすみは、おあさは常次郎とはもうとっくに切れていると言ったので、杳《よう》として消息を絶ったおあさの姿をもとめて、十四郎はこの長屋に来るまでにも、おあさが二十五歳まで生きてきた足跡を追ってきた。

まず、幼少時代に住んでいた神田の小柳町《こやなぎちょう》の裏長屋に行った。

当時、おあさは下駄職人の父と母と三人で暮らしていた。おすみはその長屋の大家の娘で、おあさとはいつも一緒だったと聞いた。

おすみの父親が表長屋の大家もしていて、そこに手習いの師匠が住んでいたことから、おあさもおすみと一緒に、七歳のころから十二歳までそこに通っていた。

その師匠は今も健在で、訪ねていった十四郎に、おあさは通常の読み書きでは満足できずに、女の子では敬遠する漢学の素読《そどく》も学んでいたと言った。

どうやらおあさの母親は無学の人で字が読めず、

「これからは女子でも、字が読めなくては……」

と始終、おあさに言っていたらしく、おあさもそんな母親の意を汲《く》んでいたのか、とにかく熱心に通ってきていたと、師匠は言った。

ただ、師匠が知っているのはそこまでだった。

おあさの父も母も、はやり病《やまい》で死んでいたから、十四郎は次に、おあさが常次郎と所帯を持つまで働いていた仏壇屋『浜屋《はまや》』に寄ってみた。

常次郎は、浜屋に仏壇の金具を拵《こしら》えて納めていて、それでおあさと知りあったようだった。

だが、浜屋で知ることができた消息も離縁までのこと。離縁からこちらでは、おあさも常次郎も浜屋に立ち寄ってはいなかった。

そこで十四郎は、無駄足を承知で、常次郎の長屋を訪ねたのである。

まさかとは思ったが、おあさが消息を絶った原因は、常次郎にあったらしい。

三ツ屋で働いていた頃には、復縁を迫って訪ねてきていた常次郎を敬遠していたのに、調べてみなければ分からないものである。

十四郎たちが、別れた後の夫婦の消息を訪ねることは、よほどの理由がない限りない。

だが、こうして、その後の足跡を追ってみると、別れてそれで万万歳という訳ではなくて、夫も妻も、重い荷物を背負ったまま生きているのだと知り、十四郎は暗然とした。

街路に忍び込んできた闇の手が、まつわりついてくるような、そんな気がしていた。

十四郎にそんなふうに思わせたのは、十四郎が歩いてきた後方に突然姿を現した黒い影が立ったからだが、十四郎はその影には気づかなかった。

影は男だった。顔は闇に紛れて判別できなかったが、左の腕に巻いた手巾が、そこまで流れてきた軒提灯に、ぼんやりとだが白く浮かび上がっていた。

男は、後退《あとじさ》りしながら険しい視線を十四郎に投げたようだが、すぐに体を翻して一方に走り去った。

「ふん……」

竪川の二ツ目之橋《ふためのはし》の袂にある飲み屋の二階から、橋の上で痴話喧嘩をしている若い男女を見下ろしていた男が、障子をしめて片手に持っていた盃を傾けた。

腰壁に、片足を立てて背をもたせ、自虐的な笑みを浮かべるその男の左腕には、白い手巾が巻かれていた。一刻ほど前に、十四郎の背に、険しい視線を送ってきたあの男だった。

男は、残っていた酒を飲み干すと、ほうり投げるように盃を置いた。

細い体にまとわりついた退廃的な雰囲気が、男を一層所在なげにみせている。

「仕事の方は大丈夫だろうね」

銚子を持った女が、するりと入ってきて、後ろ手に戸を閉めた。

女は三十そこそこかと思われるが、目鼻の作りがはっきりしていて、口元に大きなほくろがある淫乱な感じのする女だった。しかも腰に付いたほどよい肉が、一層妖艶な女に仕立て上げていた。

むっちりとしたその腰を、女は男に擦りつけるようにして斜めに座ると、転がっている盃を男の手に持たせ、酌をしながら流し目を送って言った。

「旦那がさ、早く仕事を仕上げろって」

「分かってる。分かってるが、金が欲しい」

「仕事を仕上げたら、たんまりもらえるじゃないか」

「今欲しい……おふくろに渡す金がな。一分《ぶ》でもいいよ。おめえ、出してくれねえか」

「もう、何度あたしから持ってけば気がすむんだろうね……本当はおふくろさんに渡す金ではなくて、博打《ばくち》だろ」

女は、ぶつぶつ言いながら、帯の間から財布を出して、男の掌に一分金を載せた。

「いいじゃねえか。どうせ俺と所帯を持つんだ」

男は、女の体を引き寄せて、その胸に手を差し入れた。

「やめとくれ」

女は、途端に体を離すと、険しい目で男を睨んだ。だがすぐに、とりなすような笑みを浮かべると、

「下ではお客が待ってるんだから、常《つね》さんとは後で」

女は男を、常さんと呼んだ。

常さんと呼ばれたこの男こそ、おあさの元亭主、常次郎だったのである。

お種が十四郎に言っていた常次郎の新しい女とは、この飲み屋の女だった。

「ちぇ。下の客など早く帰しちまいな」

常次郎は舌打ちした。

「何言ってるの。そんなことしたら、おまんまが食えないじゃないか」

女は、裾をひるがえして、立った。

「そりゃあそうと、聞こう聞こうと思っていたんだが、おめえが、おふくろに蒲焼を送ってくれたのか」

出ていこうとしている女に言った。

「いいえ……」

女は、何を言ってるんだろ、この人――というような顔をして、

「そうだ、あたしも聞きたいことがあったんだけど……常さん、よその女にちょっかい出してんじゃないだろうね」

「何言いやがる」

常次郎は、ふっと苦笑した。

「だって、妙な女が、あんたを出せって来たんだから」

「いつだ」

「三日も前かしら。化粧っけのない女でさ、色気も何もありゃあしない。まさかこんな女に常さんがって、思ったのは思ったんだけどさ」

「それで」

「おや、やっぱり知ってるんだ」

「馬鹿、一応聞いてるだけじゃねえか」

「常次郎さんを悪い道に引きずり込まないで下さい——だって、よく言うよ」

「……………」

「追い返してやったんだけど、良かったんだろ」

「いいも悪いも、そんな女は知らねえな。これからも白《しら》を切ればいいんだ」

「そっ」

女は、勝ち誇ったような顔をみせると、階下へ下りた。

常次郎は女が消えると、苛々と立ち、窓際の障子を乱暴に開けた。

二ツ目之橋の上には、先程の男女の姿はもうなかった。

常次郎は窓際の敷居に腰をかけると、竪川の水面が、川筋にある店先からこぼれ落ちた灯のいろを拾って寂しげに流れていくのを、ぼんやりと見詰めていた。

三

三ツ屋はこの夜も日が落ちると、すぐにお客で席が塞がったようだった。

十四郎たちがいる二階の小座敷には、先程から、階下の客の喧騒《けんそう》や、二階の座敷に出入りする人のざわめきが聞こえている。

金五は、隣室のひそひそ話が、突然弾けたような笑い声にかわった時、顔をしかめて十四郎とお登勢に膝を寄せてきた。

そして、数日前、本所《ほんじょ》にある寺の祭礼の日の晩に、人の途絶えた門前で、数人の男たちに殴られていた常次郎を、寺社奉行所の役人が助けたようだと告げた。

「常次郎は左腕を怪我していたそうだ。役人が常次郎を含め、その時呼び止めた四、五人の男たちを詮議したらしいのだが、みな口を揃えて、酔っ払ってふざけていたのだと言ったそうだ」

「常次郎も、そう言ったのか」

「そうだ……どうやらその晩は、寺内のどこかで博打が行われていたようで、常次郎はその賭場で何かやらかして喧嘩になったのだろうと、その役人は言っていた。もっとも賭場は、役人が行った時にはとっくに払われていたようで、その者たちを留め置くことはできず、すぐに帰したということだが……」

「常次郎さんも、そんな連中と付き合っているなんて……」

お登勢が顔を曇らせた。

「連中の中には入れ墨をしている者もいたというぞ」

金五が、不安を掻き立てるように言った。

「小伝馬町の世話になったことのある者たちだな」

「そうだ。そういう人間と付き合っているとなると、常次郎がこの先、元の生活には戻れなくなるのは目に見えている」

「おあささんはそれを知って、常次郎さんのこと、放っておけなくなったのかもしれませんね」

困りましたねと、お登勢は思案の顔を二人に向けた。

その時だった。

「十四郎様……」

藤七が入ってきた。藤七は座るなり、

「常次郎は、回向院門前町の賭場に、かなりの借金をつくっているようです。それと、女がいます」

「どんな女だ」

「お紋《もん》という女ですが、竪川にかかる二ツ目之橋の袂で飲み屋をやっています。一年前に突然あそこに店を出したようですが、艶っぽい三十女です」

「ふむ。お種婆さんが言っていた女かもしれぬな」

「いいえ、お紋の男は、常次郎だけではないようですよ、十四郎様。それにお紋は、おっしゃっていたような、蒲焼を婆さんに送るような女にはとても見えません」

「常次郎は騙されてるんだ、その女にな。そうとも知らず金を貢いでなんとかしようとして、博打に手を出したのだ」

金五が、得たりという顔をした。

「いえいえ、そうでもないようです」

「何」

「常次郎はその店で飲み食いしても、金を払ったことはないようですから……むしろ、博打の金を女から貰っているようです」

「まことか」

「店の洗い場に通いで来ている女から聞き出しました。間違いないと思います」

「ふーむ。何かあるな」

「お紋をもう少し調べてみますか、十四郎様」

「うむ。頼む」

十四郎が頷くと、藤七はすぐに立ち上がった。すると、入れ違いに、

「お登勢様、よろしいでしょうか」

三ツ屋の帳場を預かっているお松《まつ》が、敷居際に膝をついた。

「何か……」

お登勢が振り返ると、

「おあささんのことでちょっと」

「おあささん」

「はい。おかよさんが、今日お使いに出た時に、おあささんを見たというのです
……おかよさん」

お松は体を引いて、戸の陰にいたおかよを呼んだ。

おかよは、昨年離縁した女だが、寺入りする時に橋屋から寺に納める上納金を融通してもらっており、その金を返済するために三ツ屋で働いていた。

おかよは、丁寧な辞儀《じぎ》をして膝を揃え、お松の横に並んで座ると、

「おあさちゃんに会ったのは元町です」

と言った。

「元町……」

「はい。『鶯《うぐいす》屋』という絵草子《えぞうし》屋さんの前でした」

「何をしていたの、おあささんはそこで」

「お店の中を覗いていたようでしたが、私の顔を見るなり、走って逃げてしまいました……だから何も聞けませんでした。お役に立てなくてすみません」

「いいえ、元気でいてくれてることが分かっただけでも、ほっとしました……ありがとう、おかよさん」

お登勢が礼を述べると、おかよはお松と一緒に階下に下りた。

「元町の絵草子屋か……」

十四郎は、念を押すように言い、立ち上がった。

元町は両国《りようごく》橋の東詰に広がる町である。

同じ東詰にある尾上町《おのえちよう》は、隅田川に面していて、高級な料理屋が軒を連ねているが、こちらは歓楽街といってよく、芝居小屋や楊弓《ようきゆう》場などと一緒に、飲み屋や茶屋が混在していた。

回向院がすぐ後ろにあり、地方から遊びにきた者たちが求める、江戸土産などの店も、数多く点在していた。

錦絵や浮世絵の類《たぐ》いも、江戸土産としては人気の商品だと聞いている。

だが、おかよが言った鶯屋というのは、店を出すには出していたが、がらんとしていて、商いをするつもりがあるのかないのか、分からないような店だった。

他の店では美しい女を売り子において、軒先にびらびらと人気の絵を吊り回し、賑《にぎ》やかに客を誘い込んでいる。

だが、鶯屋は、十四郎が外から声をかけても、だれも出てこないような状態だった。

十四郎は、路地の向かい側にある蕎麦《そば》屋に入った。

格子越しに鶯屋を張り込みながら、蕎麦を運んできた小女に鶯屋のことを尋ねてみた。

すると小女は、店をやっているのは五十前後の楽隠居のようで、小僧が一人いるが、その小僧も今日は休みのようだと言った。

「そのうちに、帰ってきますよ」

小女はそう言ったあと、

「絵草子を買うのなら、他のお店の方がいいと思いますよ」

くすりと笑って、帳場に消えた。

十四郎は、蕎麦屋の格子越しに鶩屋を見張りながら、楽隠居を待った。

まもなく、信玄袋《しんげんぶくろ》を提げた恰幅《かっぷく》の良い初老の男が帰ってきた。

口に笑みを溜め、いかにもご隠居さんといった感じの男だった。

だが、いったん店に入った後の通りへの目配りや、どことなく体を包んでいる気配には、油断ならざる険しいものが感じられた。

——ただの隠居ではないな。

蕎麦の代金を懐から取り出した時、格子の向こうに、女の背が立ち止まった。

——おあさか……。

十四郎は代金を飯台《はんだい》の上に置くと、店の外に飛び出した。

「おあさ……」

近づいて呼び止めると、おあさが緊張した顔を向けた。

「十四郎様……」

おあさはまるで、ふいをつかれて襲われたように、呆然として突っ立っていた。

「何をしているのだ。こんなところで」

「……」

「聞きたいことがある。来るんだ」

「でも……」

「みんな心配していたのだぞ、お前のことを」

十四郎は優しい声音で、まじまじと見た。

「十四郎様」

おあさは顔を覆った。緊張しつづけたものがふっと切れて、血の繋がった兄にでも再会したような、そんな気色《きしょく》が震える丸い肩に見てとれた。

「そこまで行こう」

十四郎が一方へ踏み出すと、おあさは、濡れた瞳を上げるのが恥ずかしいのか、俯いたまま、十四郎の後ろから静かについてきた。

「いったい、今どこにいるのだ。それをまず聞かせてくれ」

竪川に面した茶屋に入り、しるこが運ばれてきたところで、おあさに聞いた。

座敷のすぐ下には竪川が流れ、目を転じれば、隅田川の佳景が見える。

隣の席も、その隣の席も、客はゆったりと構え、秋を迎えた水辺の色を楽しんでいるようだった。

おあさは、そんな客にちらっと視線を送ると、

「相生町《あいおいちょう》の五丁目です……この竪川にかかる二ツ目之橋の北側に煮物を売っている店があります。ご亭主を亡くした未亡人が細々とやっているお店ですが、その二階を借りています。橋のむこうに飲み屋があるんですが、そこを見張っていました」

と言う。

「何……その、飲み屋とは、もしや、お紋という女がやっている店ではないのか」

「十四郎様、お紋さんをご存じなのですか」

おあさは、驚いた顔を上げた。

「うむ。会ったことはないが、話は藤七から聞いている。お前は、常次郎が心配で、それで見張っているのだな」

「あの人、ほっといたら駄目になります」

おあさは、ひたと十四郎を見た。

「お前の気持ちが分からない訳ではないが、どうしてそうまで気にするのだ。別

れた亭主ではないか。そんなに気になるのなら、なぜ離縁を望んだのだ」

「すみません」

おあさは、小さい声で謝った。だがすぐに、

「きっとそう言われると思って、皆様にもおすみさんにも打ち明けることができませんでした。でも……」

いったん伏し目がちにした目を、また十四郎に戻すと、

「やっぱり、ほっとけなかったのです。目が離せなかったのです」

揃えた膝に、力をこめるようにして言った。

十日ほど前のことだった。

おあさは、通油町《とおりあぶらちょう》にある本屋に内職の写本を届けて、帰りに潮見《しおみ》橋から西に入った朝日稲荷《あさひいなり》に立ち寄った。

ちょうど稲荷は秋祭りが終わったところで、境内には人もまばらで、おあさは久し振りに神妙な気持ちで、鳥居をくぐった。

――いろいろあった。ここ数年はめまぐるしかったけれど、きっと幸せを摑まなくては、亡くなった両親に申し訳ないもの。どんなに苦労をしても頑張り通してみせる。だから、少しだけ力を下さい。

稲荷には、そんなことを願うつもりだった。

ところが社の前に立ち、賽銭を投げ、鈴をならして手を打った時、思いがけず、涙が溢《あふ》れてきたのであった。

哀しくて……切なくて……胸の奥で凍りついていたものが何かの拍子に一気に解けて、突き上げてくるような涙だった。

——なぜ今わたしは、ここに一人で立っているのか。

おあさの涙は、それをおあさに聞きたかったようである。

後ろを振り返ると、昔と変わらぬ情景があった。

色の剝げた鳥居。鳥居から社まで敷き詰められている白い砂利。社の後ろにある紅葉の木も昔のままの姿であった。

紅葉の葉はまだ青く、受けた陽射しを社の周りに小さな掌のような影を落として揺れていたが、晩秋になると赤く色付いた葉を一面にまき散らすのである。

この場所には、忘れていたささやかな幸せがあった。

昔、この場所に立った時のことが、突然、おあさの胸に押し寄せてきたのであった。

朝日稲荷は昔、常次郎と二人でたびたび訪れたことがあった。

いじわるな姑に口汚く罵られて、もう駄目だと思った時、よくここにやってきた。

時には常次郎も一緒に来て、境内で甘酒を飲んだこともあったのである。

秋のあの日、おあさはお参りをすませた後、目を瞠《みは》った。

あちらこちらに落葉した紅葉の色が、鮮やかだった。まだ瑞々《みずみず》しく、それだけに、切なく映った。

おあさは、辺りに散らばっている紅葉を拾った。一葉二葉……数えるように拾っていると、一緒に来ていた常次郎も黙って幾葉かを拾い上げ、

「ほら」

おあさの手に渡してくれたのである。

それを思い出した。なぜかその情景は鮮明で、以後の諍《いさか》いや離縁に至った様々な醜いやりとりが、ふっとんでしまうほどのものだった。

おあさは、撫《な》でていくように吹く風に頰を預けたまま、愕然として立ち尽くした。

どうしてここに至ったのか、おあさには説明できる筈もない。

春永の甘い言葉に乗せられて、三ツ屋を辞めた時には、離縁の後の痛みよりも、

先にある一条の光を見ていたのは、確かである。

しかしその光も、春永の所に通うようになってみると、いつの間にか雲散霧消《うんさんむしょう》していたのであった。

春永の門人と称して出入りする者たちや、黄色い声で春永に面談を乞う女たちの世話をするのが、おあさの役目になっていた。

春永は、人情本の筋立てには耳を貸してくれるのだが、しかしそれは、春永の次の作品の参考にするというもので、おあさが書いたものを見てくれる訳でもなく、指南《しなん》してくれる訳でもなかったのである。

おあさが春永にもう一度書いたものを見てほしいと頼むと、春永は冷たい笑いを浮かべて、

「お前さんの書いたものが通用するようだったら、作家は苦労しないよ。版元に一度見てもらいたいなどと、お前さんは誰かにうぬぼれたことを言ったらしいが、そんなことをしたら、こっちが恥ずかしいじゃないか。お前さんのために、春永の目はどうかしているって言われてしまう。私が笑われるんだから……」

そう言ったのである。

おあさは、生きていることさえ否定されたような衝撃を受けた。

後ろもみずに春永の家を走り出ると、長屋に帰ってきて板間に突っ伏した。歯を食いしばって嗚咽を抑え、自分の愚かさに泣きに泣いた。

おあさは、最後の拠り所を捨てた。

何もかも捨ててみて、そうしてこの場所に立ってみると、おあさの人生は、よくも悪くも常次郎とは切っても切れない糸で結ばれていたような気がしてきた。

春永から強烈な侮蔑《ぶべつ》の言葉を受けたことで、復縁を迫ってきた常次郎を邪険に追っ払った自身の思いやりのなさを見た気がした。

あの時、常次郎は、既に、二人の縁の深さを知っていたのかもしれない。

だからといって元に戻るなどということは、できる筈もない。戻るには二人の間の溝はあまりにも深く、仮に戻ったところで、昔と同じ苦痛があるだけだ。

もはや別の道を歩むほかないのである。

お互いに許されるのは、ささやかでもいい、相手が幸せを摑んでくれることを願うだけ……そこまで考えが及んだ時、

――常さんは、あれからどうしているのかしら。

半月ほど前に、紙屋の前で会った常次郎の職人仲間から聞いた話が頭をよぎった。

「常の奴は、お前さんと別れてから腑抜けになっちまったよ。仕事はしねえし、悪い仲間とも付き合ってる。もう、救いようがねえ」

　確かに、そう言った。

「常さん……」

　おあさは、あの時の職人の言葉に背を押されるように、常次郎の長屋に走った。

「以前の常さんに戻ってほしくて……勝手な言い分だけど……」

　おあさは苦笑した。

「お前は、それでお紋の店を張っていたのか」

「はい。十四郎様、あのひとが、常次郎さんを駄目にしているのです。あそこには、胡散《うさん》臭い感じのする人たちが集まっています」

「鶩屋の隠居も、その一人なのか」

「いえ、あのお人は、お客さんではありません。お紋さんの方が、時々、あのお店を訪ねるのです」

「ふむ」

　おあさは、お紋の周辺を徹底的に洗い、なんでもいい、お紋の悪い部分を見つけたその時には、常次郎にそれをつきつけて、はっきりと言ってやりたかったのだと言った。

「十四郎様が、常さんを救って下さるのなら……お願いできるのでしょうか」

おあさは、真剣なまなざしで見詰めてきた。

四

「酒をくれ、冷やでいい」

お紋の店の縄暖簾をくぐるとすぐに、十四郎は板場に向かって声をかけた。

店は二ツ目之橋の袂にあることから、周辺にある材木屋の職人たちが、仕事帰りに飲んでいるようだった。その者たちが、十四郎が入って行くと、一斉に視線を投げてきた。

だが、十四郎が誰もいない飯台《はんだい》に腰をかけると、職人たちは顔を戻して、親方が冷たいだの、何助の態度は勘弁ならねえなどと声高《こわだか》にしゃべり、それを肴にして酒を飲んでいた。

見渡してみたが、常次郎の姿はなかった。

一番奥の畳敷きになっている小座敷に、まわりの男とは明らかに異質の男が、立て膝をして、飲んでいた。

酒を飲みたくてやってきたという感じではなくて、手持ち無沙汰に酒でも飲んでいるといった様子であった。

頬のこけた三十半ばの男であった。身なりは商人風だが、どこかにいじけた雰囲気を持つ男だった。

男は、ちらっと十四郎を見たようだったが、すぐに盃に目を戻すと、掌でもてあそぶようにして、それから乱暴に盃を置いた。次に、立てている膝を戻してあぐらに組むと、所在なげな視線を十四郎や職人たちに送ってきた。

男は、何かを待っているように見えた。

「ふむ……」

ひとあたり観察したところへ、冷や酒を入れた湯飲みが、乱暴に台の上に出た。

「他に注文は」

見上げると、真っ黒い顔をした太い腕の女が聞いてきた。

「いや、酒だけでいい。きれいな女将がいると聞いてやってきたんだが、あんたが女将なのか」

「やだよお、女将さんとあたいを間違えるなんて……女将さんはもうすぐ下りてきますよ」

女は、人差し指で二階をつっつくように指して、

「でも、旦那はいい人だね。あたいは洗い場にいるだども、酌をしてほしかったら呼んどくれ」

女は、期限を切って小梅《こうめ》村から通っている者だと言い、弾んだ足取りで板場に消えた。

藤七が渡りをつけた女というのは、今の女だったに違いない。

十四郎は酒を飲みながら、思い詰めたおあさの顔を思い出していた。

十四郎がおあさに、常次郎のことは引き受けたからもう長屋に帰るように言った時、おあさは初めて笑顔をみせたのである。

おあさの口元に笑みが戻ったところで、十四郎はおあさと別れ、まっすぐこの店に来た。

表には藤七が張り込んでいたが、ひとり気になる客が中にいるのだと言ったことから、十四郎が店の中を覗きに入ったという訳だ。

十四郎が湯飲みの酒を飲み終えたところで、板場の傍の段梯子《だんばしご》から、襟を抜き、帯をしどけなく結んだ、化粧の濃い女が下りてきた。

お紋のようだった。

「いらっしゃいませ」

お紋は、十四郎にも職人たちにも如才《じよさい》のない笑顔をつくって送ってくると、奥の小座敷に上がった。

そして、商人風の男の耳に顔を近づけ、二言三言囁《ささや》くと、伸ばしてきた男の掌に懐紙《かいし》に包んだ物を載せた。

男は包みを握ると同時にお紋の手首を摑んで、力を込めて引き寄せた。

だがお紋は、傾いた体を強引に引き戻すと、襟を整えながら、飢えたような目を光らせているその男に諫《いさ》めるような顔つきで何かを言った。

男は、舌打ちをして立ち上がった。

懐に包みを摑んだ手をつっこむと、土間に下り、未練がましい表情をお紋に投げると、出ていった。

「女将、酒代だ」

十四郎も間を置かずに、外に出た。

その時、藤七が西に向かって歩いていく男の背を、追って行くのが見えた。

「万吉《まんきち》、お前、いまなんと言ったのだ……」

十四郎はねぼけ眼《まなこ》で土間に下りると、お登勢の伝言を持ってきた万吉の顔を覗いた。

万吉は橘屋の小僧で、お登勢の伝言があるたびに、橘屋がある深川から十四郎が住む米沢町《よねざわちょう》まで走ってくるのだが、今日は全速力で駆けてきたのか、ぜいぜいと息をしながら腰を折っている。

万吉の傍では柴犬《しばいぬ》のごん太が、これまた熱い息を吐き、おすわりして十四郎を見上げているところを見ると、かけっこをしてきたらしい。

「万吉……」

苦笑して万吉の肩に手をかけると、万吉は俯いたまま、

「だから、番頭さんが、捕まったって……な」

万吉は、ごん太に言った。

「わん」

ごん太が相槌《あいづち》を打つ。

「誰に捕まったのだ」

「番頭さんは昨夜は、帰ってこなかったんだ。おいらが知ってるのは、それだけ

だ」

万吉はようやく顔を上げた。

「分かった。すぐに行く。お登勢殿に、そう伝えてくれ」

「はい」

万吉は元気な返事を返すと、

「ごん太、帰るぞ」

外に駆け出した。まだ、走るつもりらしい。

十四郎は戸口から、万吉の走っていく背に呼びかけた。

「転ぶんじゃないぞ。ゆっくり帰れ」

聞こえたのか聞こえなかったのか、万吉はごん太と縺《もつ》れ合うようにして木戸の外に消えた。

急いで十四郎が、橘屋に駆けつけると、仏間にお登勢と金五が待っていた。

「お登勢殿、何があったのだ」

「昨夜、回向院の近くの賭場で手入れがあったようなんですが、藤七もそこにいたらしくて……」

「手入れをしたのは南町だ。すぐに松波さんに連絡したから、大事には至らない

が、お紋の店から出た男を尾《つ》けてもらったのだが

と思うのだが」

金五が苦笑を浮かべて言った。

「そうか……実は昨夜、藤七には、お紋の店から出た男を尾けてもらったのだが

……」

十四郎が掻い摘んで、おあさに会って、その後でお紋の店に立ち寄った話をしたところに、女中のお民が走ってきた。

「お登勢様。松波様がいらっしゃいました。番頭さんもご一緒です」

「よかったこと……」

お登勢がほっとして、入ってきた二人を見迎える。

「藤七、心配しましたよ」

「申し訳ありません。不覚をとりました」

藤七は頭に包帯を巻いていた。

「大事ありませんか。なんなら柳庵先生に診ていただいた方が……」

「いえ、大丈夫です。南町の同心に、十手《じって》で思い切り打たれまして」

藤七は包帯に手をやって、苦笑した。

「用心深い藤七らしくもない話だな」

金五が、くすくす笑った。

「笑いごとではありません、近藤様」

お登勢が睨んだ。

「すまん、すまん。で、十四郎の話では男を尾けていたということだったが、そちらの首尾は」

「はい。男の名は太助《たすけ》といいまして、馬喰町《ばくろちょう》一丁目の表通りに店を張る両替商『播磨屋《はりま》』の手代でした」

「播磨屋の……で、その男、手入れで捕まったのか」

「いえ。身軽な男で、逃げ失せました」

「その件ですが」

松波が険しい顔を、十四郎たちに向けてきた。

「藤七から、二ツ目之橋の袂にある女の店を張っていたのだと聞きましたが、お紋は『いたちの鮫蔵《さめぞう》』という盗賊の頭の女ではないかと、言われている女ですよ」

いたちの鮫蔵が仕事をするのは、二年か三年に一度、一度の盗みでごっそり大金を手に入れるやりかたで、その時々に、盗みに入る蔵の錠前の鍵を偽造させる者と、引き込み役として、その店で働いている者を仲間にひきずり込むのだと、松波は言った。

「すると、常次郎は、錠前の鍵を偽造する役目だということか」

金五が目を剝《む》いた。

「常次郎は錺職人だということですから、おそらく、利用されているのでしょう。与助というのは引き込み役に見込まれた者だと思われます」

「馬鹿な奴だ、常次郎は……いずれお縄になるというのが分からぬのか」

「近藤さん、二人は仕事が終われば消されますよ」

「何」

「今までにも、利用された人間は必ず殺されています」

「松波様。常次郎さんを助けるには、盗みに入る前、いまのうちにということですね」

お登勢が聞いた。

「そうです。いたちの鮫蔵は、必ず満月の夜に決行しますから、常次郎の身柄を保護できるのは、あと三日のうち……」

「三日ですか……」

お登勢が呟いた。

三日の間に常次郎がお紋を訪ねてくれば保護できるが、実際のところ、家にもよりつかない常次郎の居場所は、十四郎たちも摑んでいないし、おあさも知らない筈だった。

――事はいそがなければならぬ。

十四郎は考えていた顔を起こして、松波に聞いた。

「松波さん。その鮫蔵ですが、人相風体は分かっているのですか」

「それが、さっぱりです。鮫蔵を見た者はおりません」

「ふむ……」

「ただ、このたびは、狙っている店が太助が手代をしている両替商『播磨屋』だと、これで分かりましたので、これから太助に白状させ、鮫蔵たち一味を待ち受けて捕縛することはできるでしょう。しかし、常次郎の命までは……」

「十四郎、おあさはどうだった。常次郎がどこにいるのか、知らないのか」

金五が聞いてきた。

「おあさは、もっぱら、お紋を張っていたようだからな。常次郎がまったく家に帰っていないなどとは、考えてもいないだろう」

「常次郎さんは、どこかの隠れ家をあてがわれて鍵を作っているのかもしれませんね」

お登勢の言葉で、部屋は沈黙に包まれた。考えられない話ではない。

そうなると、常次郎を早急に捜し出すのは難しい。満月の夜までは三日しかないのである。

「お紋の店を張り続けるしかあるまい」

十四郎が腰をあげた時、玄関でおとないを入れる女の声がした。

「私は二ツ目之橋の袂で煮物の店を開いているおりきといいますが、おあささんに頼まれて……」

その声に、十四郎もお登勢も玄関に飛び出した。

女は、結んだ文を持ってきていた。

お登勢は、その文を受け取ると、急いで解いた。

「常次郎さんが……」

お登勢はその文を、十四郎に手渡した。

追って玄関に出てきた金五が、それを肩越しに読み、

「十四郎、俺も同道するぞ」

手にあった刀を、腰に差した。

五

おあさが表戸を引いた時、中から鋭い声が返ってきた。

「誰だ」

声は衝立《ついたて》のむこうからだった。

「常さん……」

おあさは土間に入って呼んだ。

「おあさ」

常次郎は、衝立の上に目を載せるようにして、おあさの方を見詰めてきた。驚愕と戸惑いが、灯を受けて光る目のいろに見てとれた。

「何しに来たんだ、帰れ」

常次郎は叫ぶと、衝立のむこうに消えた。

おあさは、草履を脱ぎ捨てるようにして、駆け上がった。

「常さん、何してるのよ、こんなところで」

衝立のむこうに回ると、常次郎は慌てて作業をしていた金床に、傍にあった白い布をかけた。

「常さん」

おあさは、鬼のような顔をして、その布を剥《は》ぎとるようにして取った。

「何しやがる」

常次郎は、おあさの頰を張った。

おあさは、布を右手に摑んだまま、倒れ込んだ。

だが、常次郎が金床の上にある細工物を摑もうとして歩み寄るのを見たおあさは、すばやく這っていって、常次郎が手をのばすより僅かに早く、体を金床に被せるようにして、その細工物を取った。

「これは……」

手に摑んだ物は鍵だった。

「見りゃあ分かるだろう、鍵だよ鍵」

「でもどうして、こんな所でこんな鍵を……人目を忍ぶようにしてここで何故……あんたの家は大川のむこうの村松町でしょ」

おあさは叫んだ。

常次郎が鍵を作るのに不思議はないが、なぜこんな隠れ家のようなところで作っていたのかが、おあさには気になった。

おあさがつき止めたこの場所は、お紋の店から更に東の、三ツ目之橋の袂にある荒れ地に建つ一軒家である。荒れ地といっても、以前は材木置き場になっていたらしく、朽ちた木があちらこちらに散らばっているが、周囲に家はない。

おあさは、昨日の夕刻十四郎に会っている。

その時、十四郎から後は任せるようにと言われ、借りていた煮物屋の二階を今日の昼前に引き払った。

しかし、竪川を隔てた向かいのお紋の店が気になって、二ツ目之橋の中程まで歩いて行った。

もう一度、見回って、自分の長屋に帰ろうと思ったのである。

だがおあさは、渡っていた橋を、あわてて引き返した。

お紋の店の前に、常次郎がやってきたのである。

——お紋に会いにきたに違いない。

おあさは対岸に背を向けたまま、首だけ捻って常次郎を見た。

常次郎はお紋の店の前で考えているふうだったが、入るのを止めて、東に向かったのである。

おあさは、急いで橋を渡ると、常次郎の後を追った。

そうして、この一軒家に入るのを見届けてから、おあさは一度煮物屋まで戻ったのであった。

その時は、一軒家の中に常次郎だけがいるとは限らない。そんなところに一人で乗り込んでも、追い返されるだけだと思った。

しかしおあさは、煮物屋のおりきに常次郎の居る場所を走り書きした紙を渡し、それを橋屋に届けるように頼むと、ふたたび一軒家に向かったのである。

常次郎を見失ってはいけない。十四郎様に首根っこを摑まえてもらって、ぐうの音も出ないくらい意見してもらわなくては――。

おあさの一念が、再び一軒家に向かわせたのである。

おあさは足音を忍ばせて家に近づいた。

じっと気配を窺ってみると、中から鑢をつかう音がするだけで、中には常次郎一人が居るのだと分かったのである。

ただなぜ、こんな場所で、常次郎が細工物をしているのか、おあさはそれが気になった。そう思うと、脳裏を過《よぎ》るのはよからぬ空想だけである。

既に夕闇が迫ってきており、おあさは常次郎一人ならばと、覚悟して入った。

案の定だと、おあさは思った。

常次郎はここに籠もって、密かに鍵を作っていたのである。

人目を忍んで作る鍵など、常次郎がどんな者たちから頼まれたのか、おあさには想像できた。

「渡すんだ、おあさ……」

常次郎は、おあさが見たこともないような険しい目で迫ってきた。

「嫌よ。こんな仕事を頼んだのは、お紋さんですね。そうでしょ。お紋さんは、あんたを悪い道にひきずりこもうとしてるのよ。どうしてそれが分からないの」

「うるせえ。お前には関係ねえ話だ。いいから早く、それをこっちに寄越して、帰るんだ」

「帰りませんよ、私。決心して来たんだから。あんたを村松町の家まで連れて帰るまで、ここにいます」

おあさは、部屋の隅に走ると、鍵を胸の前に握り締めて座りこんだ。

「何をいまさら、女房ぶるんじゃねえや」

常次郎は、冷たい目で、せせら笑った。

「俺が恥を忍んで、なんどもやりなおそうと言っていた時、てめえは何と言った。どんな態度をとったんだよ。お前にとやかく言われる筋合いはねえ」

「分かってます。でも常さん、私があの家にいて、ずーっと、おっかさんと諍いを繰り返して、それで幸せになれると思っていたんですか……私だけのことを言ってるんじゃありませんよ。常さんも、おっかさんも……」

「おっかさんのことは、仕方がねえだろ。俺は父親を亡くしてから、おっかさんの手で育ててもらったんだ。おっかさんには逆らえねえんだ。あんな親でも、俺にはたった一人のおっかさんなんだ」

「だったらなぜ……しっかりしなさいよ。あんたがそうまで思うおっかさんを泣かせたくないのなら、昔の常さんに戻りなさいよ。腕のいい錺職の常さんに……甘ったれるんじゃないよ」

「うるせえ。おめえこそ、ちゃらちゃらした男に尻尾を振っていたそうじゃねえか」

「………」

「聞いたぞ俺は、梅之助とかいう奴から……」

「常さん……」

「あいつは、にやにやしながらこう言ったんだ、お前のことを……。顔はまずいが、いい体をしてたってな」

「嘘よ、あの人の言う事は、嘘っぱちよ」

「どっちでもいいよ、俺には……とにかく帰ってくれ。二度と俺の前に顔を見せないでくれ。目障りだ」

二人の間には、かつて際限なくやりあった諍いの場面が再現されていた。

おあさもそうだが、常次郎もそれに気づいたのか、口を噤んだ。ここで昔を繰り返すことの虚しさは、常次郎だって分かっている筈である。

「常さん……」

おあさはしんみりと呼びかけた。

「私、朝日稲荷に行ったんですよ……そしたら昔のままだった、なにもかも……」

「………」

「お稲荷さんにお願いしたんです、常さんの幸せ……」

「おあさ……」

「常さん。昔の常さんに戻ってほしいんです私……お願いよ、常さん……」

「おあさ……」

常次郎は、哀しげな声を上げた。

夫婦でいたのは三年余り、それと同じ年月を別れて暮らしている二人である。見詰め合えば、淡い灯の光の中で、互いの体を確かめ合ったひとときが忍ばれる。

だがそれは、どこかぼんやりとして生々しいものではなかった。しかし、とげとげしく罵り合った時よりも、常次郎の心が素直に伝わってきたし、おあさの願いも通じたと思った。

その時である。表に足音が立った。

「おあさ、隠れろ」

常次郎は突然険しい顔をして、おあさの手から鍵をもぎ取ると、おあさを裏縁に押しやった。

おあさが言われるままに、裏縁に出て身を隠すと同時に、男が二人入ってきた。

「常次郎さん、出来たかね」

そう言って入ってきたのは、鶯屋の楽隠居だった。

おあさは、戸の陰から息を呑んで見詰めていた。

隠居は、左腕に二本の入れ墨をした男を従えていた。その男、背の高い男だが、めくり上げた二の腕に蛇のように巻いた入れ墨が、行灯の灯に、くっきりと見えた。

「旦那、これです。さっき仕上がったところでさ」

常次郎が隠居に手渡した。

隠居は、行灯の灯の傍にしゃがみ込むと、受け取った鍵をまじまじと見て、満足げな顔で頷いた。

「いい出来だ。さすがに見込んだだけのことはある」

「ありがとうございやす。で、代金の方は、いつ頂けるのでしょうか」

「代金」

「へい。あっしも、あちらこちらに借金をつくっておりまして、お紋の話では、確か三十両は頂けると……」

常次郎は手を揉むようにして言った。

「金が欲しい……今すぐにでも」

「へい」

「しかし、お前さんには、お紋の店のつけもある。それに……」

隠居は、険悪な目で常次郎を捕らえると、

「私の女を抱かせてやったのを、お忘れかい」

「ご、ご隠居……」

常次郎の顔から、血の気が引いた。

「お紋はこの私の、いや、最期だから教えてやろう。世に知れた『いたちの鮫蔵』の、可愛い可愛い女なんだよ、知らなかったのかい」

「いたちの鮫蔵……」

「金を欲しいなんて、とんでもないよ、常次郎。お前は用済みだ。死んでもらうよ」

鮫蔵が顎をしゃくると、傍にいた入れ墨の男が、懐に呑んでいた匕首《あいくち》を引き抜いた。

「止めて」

おあさが飛び出した。

「馬鹿、おあさ、逃げろ」

常次郎が叫んだ。

同時に、入れ墨男が、飛びかかってきた。

「常さん」

おあさが目を覆って、うずくまった時、

「ぎゃ」

入れ墨男が悲鳴を上げた。

「おあさ、常次郎、逃げろ」

十四郎と金五が立っていた。

十四郎の足元には、入れ墨の男が転がっていた。

「行け」

十四郎がおあさを促した。

「は、はい」

おあさは、常次郎の手を引っ張って、表に飛び出した。

「さて、いたちの鮫蔵」

十四郎は、匕首を構えて、背を丸めている鮫蔵に向いた。

「まもなく満月。いたちの鮫蔵は、きっと常次郎の前に現れる。そう思って先刻からじりじりと待っておったのだ。まさか、鶯屋の隠居が鮫蔵だったとはな」

「誰だか知らねえが、許せねえ」

鮫蔵は両足を広げて身構えた。五十過ぎとは思えない、筋肉質の腕が見えた。

「知りたければ教えてやる。俺たちは縁切り寺慶光寺から来た者だ。あの二人とは少なからず縁があってな」

と言うと金五が両手を腰に置いて、笑った。

「縁切り寺だと……」

「そうだ」

「縁切り寺など、用はねえ」

鮫蔵が、金五めがけて突っ込んだ。

「止めろ」

金五は、鮫蔵の刃を躱すと、交差してみせた鮫蔵の背に、刀の峰を打った。

だが鮫蔵は、それを見透かしていたように横に飛んで、そのまま土間に飛び下りた。

「しまった」

金五が叫ぶより早く、鮫蔵は戸口に走り出た。

しかし敷居を跨ごうとして、そこに転倒するように落ちた。

鮫蔵の左足首を小柄《こづか》が刺し貫いていた。

小柄を投げたのは、十四郎だった。

「逃げられはせぬ」

十四郎はゆっくり鮫蔵に近づくと、転がっている匕首を拾って、鮫蔵の喉元に突きつけた。

「そうか、朝日稲荷の御輿《みこし》をな」

十四郎は、目をまるくして、畏《かしこ》まって座る常次郎に聞いた。

「へい。指物《さしもの》は後藤金蔵《ごとうきんぞう》親方、彫刻は富村源吉《とみむらげんきち》親方など、名人といわれる人ばかり。あっしが選ばれるなんざ、夢のようでございやす。一世一代、精魂を込めて造りたいと思っておりやす。お登勢様にも十四郎の旦那にも、いろいろとお世話になりやして、ありがとうさんでございやした」

常次郎は、芝居がかった慣れない挨拶をして、顔を上げた。

いたちの鮫蔵一味が、北町奉行所によって捕縛されてからまもない昼下がり、常次郎はいそいそと橘屋にやってきて、身に余る仕事が入ったと、報告したのであった。

朝日稲荷が御輿を造ると聞きつけたお登勢が、宮司に談判して常次郎を推挙したのであった。

宮司は首を捻っていたが、目の前で常次郎の細工を見て、いっぺんで気に入ってくれたのである。

常次郎の表情には、精気が漲《みなぎ》っていた。三ツ屋にだらしない格好でやってきていた常次郎とは別人のようだった。

「私たちより、おあささんに感謝しなければ」

お登勢がほほ笑んで言う。

「へい。分かっておりやす」

「常次郎、お前のおっかさんに蒲焼を送った主だが」

十四郎が、言いかけると、

「へい。おあさだと見当はついておりやした」

常次郎はてれくさそうに頭を掻いた。

お互いに遠くからでも励ましあえたら……今はそのように考えているのだと、常次郎は言った。

「おあさが再縁したって、その気持ちは変わりありません」

「常次郎さんは再縁しないのですか。一人のままでは、おっかさんが承知しないでしょう」

「お登勢様。おあさが辛抱できなかったんです。どんな女が来ても同じです」

「まあ……」

お登勢はくすくす笑った。

「おっかさんを送って、その時、まだおあさが一人でいたら、その時は……まあ、夢ですがね」

常次郎は笑った。長い隧道《すいどう》を出た時のような爽やかな笑いだった。

常次郎は、それで橘屋を辞した。

「別れて、はじめて分かったのね、相手のいいところが……そういうものなんですね、夫婦というのは……」

お登勢は、しみじみと言い、十四郎に優しい視線を投げてきた。

第三話　砧《きぬた》

一

「いててて、先生、お手やわらかに頼みますよ」

お増《ます》は、横たえた体を、柳庵が動かすたびに悲鳴を上げた。

「我慢しなさい」

柳庵は叱りつけると、行灯を引き寄せて、お増の腹を診た。

お増はよほど安価な魚油《ぎょゆ》を使っているとみえ、行灯からは黒煙があがり、恐ろしいほどの煤《すす》が天井に上っていく。

夜が明けていれば、行灯の明かりなど頼りにせずとも良いのだが、柳庵の家に、男妓夫《ぎゆう》の秀次《ひでじ》が急病人を診てほしいと駆け込んできたのが、暁の七ツ（午前四

う。

男妓夫というのは、柳原土手《やなぎわら》で商いをする夜鷹《よたか》の客引きをする者のことをいう。

お増も夜鷹だが、もうすぐ五十に手が届く高齢で、今は柳原土手の夜鷹を束ねる仕事が主だということだった。

お増も秀次も平右衛門町《へいえもんちょう》のおんぼろ裏長屋の住人だった。

部屋が隣どうしということもあって、秀次はお増が痛がる悲鳴を壁越しに聞き、夜が明けるまで待てないと思ったようで、柳庵の診療所がある本所の北森下町《きたもりしたちょう》まで診察を乞いに走ってきたのであった。

当然だが、柳庵はまだ床の中にいた。

柳庵が近頃雇い入れた小者の福助《ふくすけ》も、明六ツにならなければやってはこない。

開業をしてまだ半年足らず、千客万来《せんきゃくばんらい》で来る者は拒まず診療してきた柳庵だったが、患者が夜鷹と聞いてさすがに二の足を踏んだ。

だが秀次が、診療所の表戸を破れるほど叩き、

「お願いでございます、お願いでございます。こちらの先生はどんな患者でも診て下さる、ありがてえ先生だとお聞きしています。どうかお願い致しやす」

隣近所の者までたたき起こすほどの勢いで懇願するのを聞いて、仕方なく寝惚《ねぼ》け眼《まなこ》で戸を開けると、

「申し訳ございやせん。今にも死にそうな苦しみようで……」

そう言う秀次も、青白い顔をした痩せた男で、半病人のような面つきだった。

「患者は」

「へい。ご案内致しやす」

と案内されたのが、このおんぼろ長屋で、一見してびた一文、薬礼《やくれい》も貰えそうにもない患者だと柳庵は値踏みした。

「夜鷹というだけで、風邪を引いても腹が痛くても、よからぬ病を持ってるのじゃないかなどと言われやして、お医者は誰も診てくれません。お増姐さんも一度も医者にかかったことがなく、腹が痛むと聞いた時には、あっしが適当に薬を買ってきて飲ませていたんですが……」

などと秀次は哀れを誘うように訴えた。

そこまで聞けば、柳庵も放っておける筈がない。

夜鷹でなくても、近頃医者どもは『医師仲間』を結成して、遠方の者や夜間往診には、請合人《うけあいにん》をたてなければ診療しないとか、乗付代は医者を頼みにきた時に

先払いの形で前納させるとか、『医は仁術《じんじゅつ》』とはほど遠い規則をつくっていた。そういう事情だからして、秀次の頼みなど、どこに行っても聞いてくれる筈がない。

江戸府内に医者は二万五千人以上はいるといわれていても、貧しい者たちが医者にかかるのは、たいへんだったのである。

医者に診せたことがないというお増の体は、一見しても、尋常ならざる容体《ようだい》になっていると判断された。

柳庵が丁寧に腹をさぐっていくと、はたして固いしこりがあった。

「もう年なんだから……本当なら、ゆっくり養生した方がいいんですがね」

柳庵は、誰に言うともなしに、呟いた。

「先生、夜鷹は商売ができなくなったら、それでおしまい。死ぬしかないって、みんな覚悟しているんです」

傍で見ていた秀次が答えた。

「とりあえず痛み止めの薬を置いておきますから、この薬がなくなったら、一度診療所にいらっしゃい」

柳庵は、用意してきた痛み止めの特効薬を、秀次の前に置いた。

「せ、せんせい……」

秀次が、もじもじして、

「薬礼ですが、しばらく待っていただけやせんでしょうか」

と言う。

柳庵は苦笑した。ここに来た時から、薬礼は貰えないだろうと覚悟していた。

「お金は余裕ができた時で結構です。うんとお金のある人から頂戴しますから。私に払ってくれるお金ができたら、それで滋養のつく物でも食べさせなさい」

「先生」

秀次は二、三尺も飛びのいて膝を揃え、手をついた。

「それじゃあ、私はこれで……」

腰を上げようとしたその時、お増がしっかりと柳庵の衣をつかまえていた。

見下ろした柳庵に、お増は両手を合わせ、祈るような仕草をみせた。

「分かっていますよ、お増さん。じゃあね」

――思いがけずいいことをした。

長屋に来る時とはうってかわって、清々《すがすが》しい気持ちでしなりしなりと腰を振って表に出ると、うっすらと空も白み、神田川《かんだがわ》一帯は朝霧に包まれていた。

秀次は柳橋《やなぎ》の袂まで柳庵を送ってくると、改めて、

「先生、恩にきます。一生……」

頭を下げた。

柳庵は、あくびを噛み殺して、鷹揚《おうよう》に頷いた。


「まあ、それで先生はお昼寝をなさっていたのですか。お民を使いにやりましたら、先生はお休み中だとおっしゃったとか……てっきり、どこかお体の具合でも悪いのではないかと心配しておりました」

お登勢は袖を口に当てて、くすくす笑った。

「いや、実は昨夜は、あの『解体新書』の原書『ターヘル・アナトミア』が手に入りまして、二つを照らしあわせて読んでおりましたら、眠れなくなりまして、で、ようやく眠ったと思ったところをたたき起こされたものですから……」

「先生、お勉強家なのですね」

お登勢が笑った眸子《まなこ》で覗くように見詰めると、柳庵はいやあというように頭を掻いた。

柳庵の頭の良さをお登勢はよく承知している。

だが、寝床で読む本はもっぱら浄瑠璃本とか戯作本とか、そういう類いであることは、近頃、柳庵が小者に雇った福助から聞いていた。

医者になるより歌舞伎役者の女形になりたかった柳庵である。表医師《おもていし》を拝命している厳格な父親の屋敷から離れ、本所に診療所を開いたのも、役者になるのは諦めたとはいえ、せめて存分にそういった類いの本を読みあさりたいという気持ちがあったのではないか、とお登勢は思っていた。

お登勢があれやこれや想像にふけっている間に、柳庵は泊まり客用の風邪薬や腹痛薬をひととおり置くと、

「さあ、いつまでもここで油を売っている訳にも参りません。そろそろ退散いたします」

腰を上げた。だがその時、

「お登勢殿、十四郎だ。客を連れてきたぞ」

玄関で怒鳴る声がした。

「あら、十四郎様ですよ」

柳庵が科《しな》をつくって玄関に走った。

お登勢も柳庵の後から、仏間を出て行くと、酔っ払った十四郎が仲良く肩を組

んだ三十前後の商人と、玄関でゆらゆらと立っていた。

「十四郎様、お客様とは、そちらのお方でございますか」

お登勢が両膝を床に落として尋ねると、

「そうだ。飲み屋で意気投合してな。聞けばまだ宿は決めておらぬという。それなら俺が案内してやると、まあ、そういう訳だ。な、半次郎《はんじろう》」

十四郎は、肩を組んでゆらゆら一緒に揺れている男に相槌をもとめるように声をかけた。

半次郎と呼ばれた男は、えらの張った厳しい面付きの男だった。

だが双眸《そうぼう》黒く、それが唯一、人懐っこさを感じさせ、全体として、謹厳実直な人柄を作り上げていた。

「突然に申し訳ございまへん。私は京で指物師をやっております半次郎と申します。お差し支えなければ、しばらく宿をお願いできませんでしょうか」

半次郎は赤い顔をしていたが、はっきりとした口調で言った。

その間にも十四郎は、ようっというふうに片手を上げて、

「これはこれは、柳庵殿。久し振りでござる。はっはっは」

などと上機嫌だった。

「お登勢様……」

走り出てきた藤七にも、

「藤七、お客様だぞ。足盥《あしだらい》を早く持ってきてやれ」

手を台所の方に勢い良く振った途端、均衡を崩して、半次郎と一緒に上がり框に倒れ込んだ。

「十四郎様」

お登勢が駆け寄る。

「お民ちゃん、お水をこちらへ」

台所に向かって、大慌てでお登勢が叫んだ。

「大事ないぞ、お登勢殿。俺は大丈夫だ」

いつもの十四郎らしからぬ媚《こ》びのある目をお登勢に向けた。その頭上に、

「十四郎様、ほどほどになさいませ」

お登勢の叱りつけるような声が飛んだ。

「いや、すまなかった。造作《ぞうさ》をかけた」

十四郎は、半次郎と膝を並べるとお登勢に詫びた。

二

耳朶《じだ》に賑やかな雀の囀《さえず》りが聞こえてくる。

秋の収穫が始まる頃になると、橘屋の庭の木々にも雀が飛んでくる。

十四郎と半次郎が泊まった二階の空き部屋にも、早朝から雀の羽音が窓の障子に当たったかに聞こえるほどで、それで十四郎は飛び起きた。

すると、朝食の膳を運んできた仲居と一緒にお登勢が入ってきて、

「十四郎様、お食事は下でおとり下さい」

と言った後、昨夜は詳しいことは聞けずに、二人をこの部屋にお泊めしましたが、もう一度、滞在は何日の予定なのかお聞かせ下さいと半次郎に聞いてきた。

「へえ。おおよそ十日ばかり、お願いしたいと思てます。実は、京指物の取引相手を探すのが第一の目的どすが、できれば幼い頃に生き別れになったおっかさんを捜してみたいて考えているのどす」

半次郎は、切なげな目をお登勢に向けた。

「そうですか、おっかさんを……」

「へえ。もう、別れて二十五年になりますが、おっかさんが江戸にいるらしいというのは、十年前に人の噂で聞いています……そやけどその時は、私も若かったし、ああ、生きてはるのか、と思たぐらいで……でも、年々歳々、母に会いたいという気持ちが募りまして……」

「じゃあ、当てはないのですね、どちらにお住まいか」

「へえ」

「十年前には、どちらで見かけたと……」

「両国橋の西詰で野菜を買っていたというんどすが」

「すると、両国橋の近くにお住まいかもしれませんね」

「おっかさんを見かけたというお人は、私の生まれた、近江《おうみ》の在所の者でしたし、間違いない、思てます」

「半次郎さんは近江が生まれですか」

「中山道《なかせんどう》の高宮《たかみや》宿でございます。皆さんもご存じの、あの有名な多賀大社《たがたいしゃ》のある宿場でございます」

「そうですか……実はわたくしも京都が生まれ、よろしかったらお力になりたいと存じます。できるだけおっかさんのこと、詳しくお話しいただけませんか」

お登勢は、膝を直して半次郎に向いた。

遠路はるばる母を訪ねてきたと知り、お登勢もどうやら、身につまされたようだった。

十四郎は、見てみろ、良かったではないかと、半次郎に視線を送った。

飲み屋で半次郎の江戸滞在の目的を聞いた時から、十四郎はなんとかしてやりたいものだと思い、それなら橘屋に連れていくのが最上だと考えた。

つまり泊まり客にするのが一番だと——。

そこで、半次郎に泊まるはずだった旅籠《はたご》を断らせた上で、橘屋がふさがっているることも考えて、あえて酔っぱらい、その勢いで客を連れてきたように装ったのである。

案の定、お登勢は協力してくれると言った。

半次郎は、ほっとした顔を十四郎に向けると、その顔をお登勢に戻して、

「ご助力いただけるとは、願ってもない幸せでございます」

丁寧に頭を下げた後、ここに至るまでの経緯を語った。

半次郎は、高宮の宿の、麻の布を扱う仲買人の家に生まれた。

父は高宮近辺の農家で織った麻布を、彦根《ひこね》の城下の問屋に卸す仕事をしていた。

母は他の農家の妻女と同じように、麻布を織っていた。

ところが、半次郎が物心ついた頃から、父と母の諍いが絶えなくなった。その原因が、どうやら父が城下の女と深い仲になったからだということを、半次郎は隣家のおばさんから聞いた。

やがて、父が家によりつかなくなったある日、母は半次郎を置き去りにして家を出た。

半次郎は泣きながら、何度も高宮の宿場を往復し、母の姿をもとめたが、もうどこにも見えなかったのである。

まもなくだった。父は新しい母だといって女を連れて帰ってきた。

「それからが、私の地獄だったのでございます」

半次郎は、溜め息をついて、話を継いだ。

新しい母は連れ子を連れてきていた。父との間の子ではなく、前夫との間にできた男の子だった。

半次郎とよく似た年頃で、新しい母は、父の目を盗むようにして、半次郎に辛くあたった。

六歳になった夏の地蔵盆《じぞうぼん》のことだった。

上方《かみがた》ではどの地域でも、大人の盆の祭りとは別に、子供の盆の祭りをする。それを地蔵盆と呼び、お地蔵さんを祭り、子供の健やかな成長を願うのだが、ただお祈りするというだけではなくて、子供たちの大好きな菓子やおもちゃが、籤《くじ》によって下される。

その籤で、半次郎が引き当てたおもちゃを、新しい母の子が欲しがって、寝ころがって大泣きをしたのである。

継母はそのおもちゃを、連れ子に渡してやれと半次郎に迫った。

半次郎は、猛然として断った。

すると、継母は、

「憎ったらしい子だよ、この子は……およこし」

半次郎の頬を張って、取り上げた。

尻餅をついて、睨み上げる半次郎に、

「お前なんて、うちの子やない。とっとと出ていきなはれ。はよ、出ていきなはれ」

蹴飛ばすようにして言った。

翌日には、半次郎は半ば売られるように、京の指物師の家に、引き取られていったのである。

継母が家に来てからというもの、半次郎は、洗濯や掃除や水汲みまでさせられていた。

――あんな家には、もう絶対帰るもんか。

父と継母への憎しみと、自分を置き去りにした母への恨みが、固い決心を生んだ。

思い詰めたその思いは、奉公先での懸命な働きとなって現れた。

半次郎は、またたくまに親方夫婦に認められた。

やがて親方は、少しずつ、半次郎に指物師としての修業をさせてくれたのである。

半次郎は、二十三歳で弟子としての修業を終えたが、育ててくれた親方の家で、ずっとお礼奉公するつもりだった。

だが親方は、独立して店を張り、一人前の指物師として出発するよう、半次郎に勧めたのである。

母の消息を知ったのはその頃だった。まだ独立したばかりで、母を捜すゆとりもなかった。

やがて風の便りに、父が亡くなったと聞いた時、半次郎は初めて、父を憎み、母を恨む呪縛から解き放たれたと実感した。

「三年前には女房を持ちまして、子も授かりました。親が子を思う深い愛情を……言葉では表現できない愛情を知りました。おとっつぁんはともかく、おっかさんはどんな思いで私を置いていったのかと思うと、おっかさんを捜して連れ帰りたい。そう、思いまして……いえ、もちろん、母が幸せに暮らしてはるのなら、それはそれでいいんどす。とにかく、この目でおっかさんがどうなったのかを確かめたいと存じまして……」

半次郎の話は、あまりにも重かった。

食い詰めて子供を売る親は、この世にはいくらでもいる。

売られていく子供は、それまで両親に愛されていたという思いがあればこそ、奉公先のつらいつとめも辛抱できるのである。

だが半次郎は、ごみでも捨てるように奉公に出されたのであった。十四郎たちが想像もできないような、苦しみを味わった筈である。

「お話はよく分かりました。お力になれるかどうかは分かりませんが、できる限り、協力はさせていただきます」

お登勢は話を聞き終わると、きっぱりと言った。

「ところで、おっかさんのお名前とか、特徴とか、教えていただけますか」

「へえ。名はお増といいます」

「お増さん……」

お登勢の脳裏に、昨夕、柳庵から聞いた夜鷹のお増という女が過った。

「特徴は……私もぼんやりとしか覚えていませんが、手の甲に火傷《やけど》の跡があります」

「どちらの手……左ですか右ですか」

「左手だったと思います。おとっつぁんとつかみ合いの喧嘩をした時に、自在鉤《じざいかぎ》にかけてあった鉄瓶にあたって、煮えたぎっていた湯がかかりまして……」

半次郎は、自分の右手で左手の甲を押さえ、声を詰まらせた。

母にとって子はいつまでも子であるように、子にとっても、母はいつまでも母である。

母が子を愛しいと思うのは、胎内で繋がっていたという記憶が鮮明にあるからである。

だと思われるが、子もまた、母の胎内で大切な生命がはぐくまれてきたということを、無意識に自覚しているのかもしれない。

十四郎でさえ、母を亡くした後の寂寥《せきりょう》感に、いまだに時折襲われる。漠としたものだが、自分がこの世に有るという繋がり、それを失ったという思いがあった。

まして半次郎は、生きてきた今までの大半を母と別れて暮らしている。その分、母への思いも強いのか、熱心に語る表情には半次郎の思いが溢れていた。

「十四郎様。ほら、あそこに……」

柳庵が指差した柳原土手の一角に、ぼんやりと提灯の明かりが見えた。

月の光は淡く、十四郎と柳庵は足元に注意を払いながら、提灯の灯の灯る河原にむかって歩いて行った。

近づくにつれ、提灯には『みづうり』と書いてあるのが分かった。

提灯をさげているのは白髪の婆さんのようだった。

その婆さんのまわりには、五、六人の夜鷹が蠢《うごめ》いていて、ひそひそ話や、くすくす笑う声が聞こえてきた。

夜鷹が客待ちの一服をしているところへ、水売りの婆さんがやってきたところらしい。

十四郎は、夜鷹が出没するところへ出向いてきたのは初めてだったが、柳庵もそのようで、十四郎の傍にぴたりとついてきた。

半次郎から母を捜しているという身の上話を聞いたのは今朝のこと、お登勢は半次郎が京指物の販路を求めて橘屋を出ると、

「十四郎様、ちょっと……」

長屋に引きあげようとした十四郎を呼び止めた。

「実は、柳庵先生が一昨晩診た患者さんがお増さんという名のお人だったようですが、一度そのお人に会ってきていただけませんでしょうか」

と、言ったのである。

「なぜ半次郎に言ってやらなかったのだ」

「それが、そのお増というお人は、夜鷹を束ねる女の方で、いくらなんでも、そういうお人が、おっかさんかもしれないから一度確かめられたらいかがでしょうか、とは言えませんでしょう。ですから、十四郎様に確かめていただきたいのです」

「分かった」

　とまあ、そういうことで、十四郎はまず柳庵を訪ね、往診や診療を終えるのを待ち、夕刻近くになって柳庵と一緒にお増の長屋に行ってみた。

　だが、長屋には、お増も秀次もいなかった。

　それで、柳原の土手にやってきた訳だが、柳原土手といっても、どの辺りにお増がいるのか見当もつかなかった。

　――仲間に聞けば、分かるだろう。

　十四郎と柳庵が土手を下りて、女たちに近づくと、女たちも白い顔をいっせいにこちらに向けた。

「さあさあ、ざっとごらんなられて、ごらんなられて、よりどりみどりでございますよ」

　てぬぐいで頬かぶりをした男が、手を打って近づいてきた。

　客引きのようである。

　よりどりみどりといわれても、遠目にも夜陰に浮かび上がる、どぎつい化粧をした女たちの顔は、怪異にさえ映る――。

　十四郎が柳庵と見合って苦笑していると、

「これは先生、先夜はどうも」

男がぺこりと頭を下げてきた。

「なんだ、秀次さんか」

柳庵が、声を上げた。

「さっそくにありがとうござりやす。先生、どの女でも、お気に召した女をどうぞ」

秀次は手を揉むようにして、薄明かりの中から覗くようにして言った。柳庵は、違う違うというように手を振って、

「お増さんに会いにきたんです。こちらのお方が、お増さんに聞きたいことがあるとおっしゃっているのでね」

「さいですか。姐さんは、ちょっと出かけておりますが、でも、ここで待っていて下されば、戻ってきますよ」

「そう。じゃあ、十四郎様、待たせていただきましょうか」

「うむ」

十四郎と柳庵は、秀次に案内されて、女たちの輪の中に入った。途端に、十四郎に声がかかった。

「いい男……あたし、銭などいらないよ」

夜鷹の一人が、にやにやして見詰めてきた。

「何言ってんだい。あたしだって、銭あげたっていいよ」

額に膏薬《こうやく》を貼った女が、膝から下がまるみえになるほど裾をめくりあげて、ひらひらさせた。

いずれも、ぞっとするほどの夥《おびただ》しい皺《しわ》が、淡い光の中でさえはっきりと見える。

「待て待て、こちらのお方は、お増姐さんに会いにこられたんだ。姐さんがたには用はねえんだ」

秀次が女たちを見渡した。

「ちぇ」

つまらなそうに腕組みして、河原の石ころを蹴る女もいたが、そこは夜鷹、すぐに親しげに十四郎の周りに寄ってきた。

どの女も襟を抜き、しどけない格好だが、さして表情に暗さはなかった。

「婆さん、この人に水あげなよ。あたいがおごるからさ」

膏薬の女が言った。

「いや、いい」

十四郎が断ると、

「見下げてるんだね、あたいたちを」

一番派手な着物を着た女が、つっかかるように寄ってきた。

「やめろ、おまきさん」

秀次が叱る。

「だってさ、夜鷹夜鷹って人は馬鹿にするけどさ。昔はこれでも、お嬢様と呼ばれていた人もたくさんいるんだ。言ってやってよ、秀次さん」

「ほう……お嬢様だったのか」

十四郎が相槌を打つと、おまきと呼ばれた女は、

「嘘じゃないよ。あたしだって御家人の女房だったのさ」

「御家人の女房……」

目を瞠った。

「でね。この人は、大店のお嬢様だったんだ」

おまきは、膏薬の女を指した。

「そして、こちらは、さる藩の藩士の娘さんだった人さ」

大股を開いて座り、水を飲んでいる女を指した。

俄かには信じがたい、夜鷹の昔の姿とやらを、おまきは一人一人紹介した。

「ふむ。ところが訳あって……そういうことだな。苦労な事だ」

同情してみせると、

「苦労だなんて、今更、さらさらさ」

膏薬の女がけらけら笑った。

「いいかい、お若い旦那、みんながみんな、この商売、泣く泣くやってんじゃないよ」

「ふむ」

「この人なんざ、息子さんがさる学問所に通っているんだけどさ、偉い先生方におさめる束脩《そくしゅう》や礼金など、ここの稼ぎを充ててんだから……」

「ほう、見上げたおっかさんだな」

十四郎は感心していた。どう理由を並べようと夜鷹は夜鷹である。底辺で生きる辛酸がある筈なのに、そう言わないところに女たちの気骨《きこつ》がみえた。

「婆さん。水の他には何を持ってるんだ」

十四郎は、にたにたして見ていた水売りの婆さんに聞いた。

婆さんは、水桶の他に、背中に小さな箱を背負っていた。

「だんごと寿司だ」

「よし、それを全部くれ。女たちに渡してくれ」

「ありがとうございます。みんな、姐さん方、旦那のおごりだよ」

婆さんは、わがことのように嬉しそうな声を上げた。

わっと女たちが婆さんの傍に寄ってきて、てんでに箱の中のだんごや寿司を取り出した。

昔、お嬢様だったという女も、御家人の女房だったという女も、口いっぱいに頬張って、十四郎に細い目を送ってきた。

「旦那、ありがとうござりやす。強気なことを言っておりやすが、だんごや寿司を腹一杯ここで食うなんてことはありゃあしません。みんな一文だって多く持って帰りたいのが本音でございやすから……」

秀次が女にかわって、十四郎に礼を述べた。

「はあ〜、ごらんなられて下さいよ。ごらんなられて下さいよ。いずれも牡丹かかきつばた……鬼役人さえいなければ、ここは極楽花の園……」

膏薬の女が、小さな声で歌いながら、腰をくにゃくにゃ振って踊り出した。まわりの女たちも、小さな拍手でこれに応えた。河原はひそやかな雀躍の宴と化した。

「十四郎様……」

柳庵が、袖を目頭に当てた。

「お前たち、何をしておる」

突然、険しい声が飛んできた。

女たちは水を打ったように、静かになった。足先を上に向けて、いつでも四方に散る用意をしている女も見えた。

「これは南町の旦那」

秀次が手を揉むようにして迎えたのは、南町奉行所の同心と手下の岡っ引だった。

「目こぼしをいいことに騒ぐなどもっての外だ」

「もうしわけございやせん」

「しかも、いま、鬼役人とか歌っていたな」

「とんでもございません。大鳥《おおとり》様の聞き違えでございますよ」

「いいや、言っていた」

あばた面《づら》の岡っ引が、十手を抜いて、秀次の面前に突き出した。

「百蔵《ひやくぞう》親分、ご冗談を……」

「誰のお陰で商売ができてんだ、ん？」

「旦那方のお陰でございやす」

「百蔵、かまわねえから、今の女をしょっぴいていけ」

大鳥が薄笑いを浮かべて言った。

「お待ち下さいませ。今日のところはご勘弁下さいませ」

一方の薄闇から、女が走ってきて、大鳥の前に膝をついた。

「お増か」

「はい。客待ちの間のざれごとでございます。どうぞこれで」

お増は、すばやく紙包みを大鳥の袖につっこんだ。

「薄汚ねえ奴等めが……百蔵、行くぞ」

大鳥は体を返しざま、吐き捨てるように言った。

「待ちなさい。薄汚ねえとは、どっちの事だ」

十四郎だった。黙って聞いていたが、腹に据え兼ねる言葉だと思った。

「夜鷹の僅かな上がりをかすめていく、おぬしの方が汚いのではないのか」

「誰だ。浪人の分際《ぶんざい》で、許さんぞ」

「置いていけ。いまお増から取り上げた物を置いていくんだ」

大鳥は、いったん袖の下にくぐらせた包みをほうり投げて、立ち去った。

夜鷹たちから、静かな歓声が上がった。

「ざまみろだ……旦那、ありがと」

膏薬の女が、礼を述べた。

「さあさ、みんな、稼いどくれ。行った、行った……」

お増が女たちを追っ払った。

女たちは、めいめいの筵《むしろ》を抱えると、四方に散った。

「お増姐さん。柳庵先生とこちらの旦那が、姐さんに聞きたいことがあるそうですぜ」

秀次が、お増に囁いた。お増は笑みを浮かべて頷くと、

「先生にはお世話になっております。で、なんでしょうか」

怪訝な顔で聞いてきた。

「何……」

「置け！」

「ちっ」

三

「あたしが上方から来たんじゃないかって……」

お増は、袖で口を隠すと、くすくす笑った。

「違いましたか」

柳庵がお増の顔をのぞき見る。

魚油の煙が立ち上るお増の長屋である。先夜と同じく行灯の灯は、煙も手伝って部屋を赤茶けた色に映していた。

お増の部屋は、奥の隅に布団が畳んであるほかは、柳行李《やなぎごうり》が一つ見えるだけで、目立った持ち物ひとつもあるようには思えない。

五十年近く生きてきたお増の財産にしては、あまりにも寂しかった。

「どこで生まれて、どこから来たのか、そんなこと、あたしは忘れましたよ」

お増は、投げやりな言い方をした。だがすぐに真顔になって、

「どうしてそんな事を知りたいんです。夜鷹の女の過去話など、ほじくりかえしても、なんにも面白いこと、ありゃあしませんよ」

「いや、実は、これには事情があってな」

十四郎は、寺宿橘屋の用心棒だと名乗り、宿に逗留《とうりゅう》している男の母親を捜しているのだと説明した。

お増は他人事のように耳を傾けていたが、客の名は半次郎だと告げた時、一瞬だが、表情が固くなったのを、十四郎は目の端にとらえていた。

お増はすぐに表情をもとに戻すと、

「その母親があたしかもしれないって……冗談はやめて下さいよ、旦那。あたしは子を持ったことはありませんし、そうねえ、あたしが束ねている女たちの中にも、そういう昔を持っている人はいませんね」

にべもない返事をすると、横を向いた。

「十四郎様、無駄足だったようですね」

柳庵はそう言いながらも、お増の左手の甲に縮れて見える痕跡を、じっと見ていた。

「うむ、そのようだ。お増、邪魔したな」

十四郎と柳庵は、それでお増の家を出た。

「先生……」

長屋の路地を出たところで、声をかけられた。

秀次だった。

十四郎と柳庵は、秀次を連れて、柳橋を渡り、両国広小路の屋台で蕎麦と熱燗を頼み、隅田川の岸辺に置いてあった縁台に座った。

「こりゃどうも、今夜は重ね重ねすいません」

秀次はぺこりと頭を下げると、

「先生、旦那。お増姐さん、子供など持ったことがないって言ったようですね」

「聞いていたのか」

「すいません、気になって隣の部屋で盗み聞きしていたんでございやすが、姐さんは旦那方に嘘をついていますよ」

秀次は、十四郎を、そして柳庵を見て、頷いた。

「やはりそうか」

「へい。先生や旦那が捜している母親かどうかは分かりませんが、一度だけ、あっしに話したことがあるんでさ」

それは一年ほど前のことだった。

おみつという夜鷹が、子が熱を出して臥せっているが、商売を休む訳にはいかないなどと、お増の前で泣き言を言ったことがある。

いつもなら、家の中に少々気がかりなことがあったとしても、仕事を休んで、どうしておまんまが食べていけるんだ、などと夜鷹たちを叱咤《しった》しているお増が、

「何してるんだよ。早くお帰りよ。帰っておやり」

叱るようにおみつに言った。

「でも……」

おみつが、もじもじしていると、

「でもじゃないよ。あんたがこうして頑張れるのは誰のお陰だい。子供がいるからじゃないか。後で後悔したってはじまらないよ」

「ですから、こんなことが続くのなら、別れた亭主に返そうかなって思っているんです」

おみつは、しみじみと呟いた。

「馬鹿、そんなことをしたら、もっと後悔するんだから……一生だよ、一生泣いて暮らして……ちっとも、分かっていないんだから……」

お増の声は、それでいっとき言葉を失ったように見えた。

傍で聞いていた秀次は、気の強いお増が泣いているのだと思った。

お増は洟《はな》を啜ると、笑顔を見せて、

「さあ、今日の稼ぎはあたしが……ほら、持って帰りな」

お増は巾着を出して、おみつの掌に銭を載せた。

「お増姐さん……」

「いいんだよ。夜鷹は、みんな助け合って生きなきゃね」

そう言って、無理やりおみつを家に帰したのである。

「その時ですね。おみつさんを送った後、あっしに、しみじみと、ここに落ち着く前は、桶川《おけがわ》の宿にいたって言ったんでさ」

秀次はそう言うと、手早く蕎麦を飲み込んだ。

「桶川か……桶川といえば中山道沿いだが、桶川のどこにいたと言ったんだ」

「そこまでは……ただ、桶川には随分長く住んでいたようです。紅花《べにばな》の話なんか、結構詳しく知っていましてね」

「そうか、桶川か」

「へい。旦那、あっしは告げ口するつもりで話してんじゃないんですぜ。この間、先生に姐さんの体を診てもらった時、思ったんでさ。この人に身寄りがいれば、会わせてやりてえってね」

秀次は、柳庵の顔を窺うようにして言った。柳庵に、それとなく、お増の容体を聞くような口振りだった。

「先生、正直なところ、姐さんの体、いけないんでござんしょ」

「秀次さんだから言いますが、よく頑張っているものだと感心してます」

柳庵は言葉を濁したが、お増の体が重い病に蝕《むしば》まれていることを、暗に認めるように言った。

「やっぱりそうですかい。姐さんは阿漕《あこぎ》な奴らから、夜鷹を守ってきてくれたお人でさ。ですから、姐さんの役に立つのならと、お話ししたんでございやす」

「秀次。阿漕な奴とは、先程の同心のことか」

「へい。大鳥様と申します。大鳥様は、目こぼししてやってるんだからなどと申されて、夜鷹の少ないあがりを掠《かす》め取っていくんです。姐さんが中に入ってくれてるお陰で、みんな商売できてるんでさ」

お増は、以前は際限なく取り上げられていた夜鷹のあがりを、一律二割で大鳥と手を打った。

そのお陰で、今では大鳥に見つかっても、その場で真っ裸にされて、銭を取り上げられることもなくなった。

それればかりか、お増は才覚のある人で、大鳥にあがりの総額をごまかして報告し、しかも大鳥に渡す二割の中からピンハネして金を貯め、仲間が病気になったり、家族に不幸があった時などその金を充て、夜鷹の生活を助けているのだと秀次は言った。

「夜鷹に今更、他の職に就けっていったって、できない相談です。若ければまた、ということもありますが、ごらんの通りのいい年の姐さん方ばかりです。他で雇ってくれないから、夜鷹になったんです。それを知っていて……大鳥様のやりようは弱い者いじめですよ」

秀次の声には、争いたくても争えない、諦めにも似た大鳥への怒りが込められていた。

藤七が、お増の昔を調べに桶川宿に走ったのは翌日のことだった。

江戸から行程十里、中山道六番目の宿の桶川は、大人の男の足でも片道一日はかかる。

しかも桶川は、寛政《かんせい》七年（一七九五）に江戸の商人がさる人をつかって紅花を試植させて以来、今では全国二位の紅花の産地となっていて、宿場は紅花景気で賑わっていた。

通常の旅人ばかりか商いで逗留する人も多く、混雑する桶川の宿の調べには数日を要するとみていたのだが、藤七は三日後には戻ってきた。

「お増さんは、『欅《けやき》屋』という旅籠のおかみさんだったようでございます」

藤七は、玄関を上がるなり、待ち受けていたお登勢と十四郎に告げた。

「欅屋は、庭に大きな欅があるというので、昔は随分繁盛していた宿のようでした。お増さんは、そこに後妻に入ったのだと聞きました」

夕食時だったが、藤七は茶を一服飲んだだけで、仏間でお登勢と十四郎の前に膝を折った。

この時刻は、橘屋も泊まり客が宿に戻ってきたりして、玄関口も台所も大忙しである。

お客の賑やかな声が、三人が向かい合っている仏間にも、さきほどから絶え間なく聞こえていた。

「では、その欅屋さんを離縁になって、江戸に出てきたんですか」

「いえ、離縁ではなくて、先妻の息子に追い出されたのだそうです」

「まあ……」

お登勢は眉を顰めて、十四郎をちらと見た。

藤七の調べによれば、お増は上方から流れてきた女で、最初は欅屋の女中だった。ところが、人の嫌がる仕事もいとわない働きぶりで、主の小左衛門《こざえもん》は女房が亡くなると、お増を後添えに据えたのである。

後妻になって三年後に、今度は小左衛門が死に、お増は先妻の忘れ形見の男子、十三歳になっていた小三郎《こさぶろう》を、女手ひとつで育て上げた。

一方で商いも滞りなく目配りし、以前よりむしろ繁盛するようになっていた。

だが小三郎が店の跡を譲られてまもなく、お増は体よく旅籠を追い出されたのだという。

「あまりの非道さに、欅屋は縁起《えんぎ》が悪いなどという噂が噂を呼んで、今では欅屋は、閑古鳥が鳴いていますよ」

「苦労したんですね、お増さんは……」

「そのようです。江戸に出てきた時には、四十近い年だったといいますから、寄《よ》る辺《べ》のないお増さんは奉公先も見つからず、そうこうしているうちに、夜鷹になったものだと思われます」

「お気の毒に……で、お増さんは、上方のどちらから桶川に来たのでしょうか」

「それは分かりませんが、小左衛門さんが亡くなって小三郎が残された時、お増さんは、まるで残してきたわが子を見るようだと言って、人一倍可愛がっていたそうですから、自分も男の子を上方に残してきていたに違いないと、これは、欅屋のまわりの旅籠のおかみさんたちが言っておりました」

「十四郎様、ひょっとして、お増さんは……」

「うむ。しかし小三郎は、可愛がって育ててくれた母親を、なぜ追い出したのだ」

「それですが、お増さんは可愛がるのも可愛がりましたが、跡取りにするために厳しくしつけたようでして。欅屋の縁者はそこだけを見て、それで、小三郎が跡取りになった時、小三郎を焚《た》きつけて追い出したようなんです」

「なさぬ仲は、そういう難しいところがありますからね」

お登勢は、深い溜め息をついた。

「しかしこれで、お増が俺たちに嘘をついていたこと、子を持ったことがあると分かった訳だ」

十四郎は、半次郎の名を出した時に、お増の顔が瞬く間に固くなったのを思い出していた。

その時であった。お民が走ってきて、

「お登勢様、いま玄関に柳庵先生のおつかいがみえていますが。なんでも、お増さんという方が、また倒れて、診療所に運ばれてきたとかおっしゃっています」

お登勢は、急いで玄関に走った。

「お民ちゃん」

十四郎は、腰を上げたお民を呼んだ。

「半次郎は、宿に戻っているか」

「はい。先程お帰りになりまして、いま夕食を召し上がっていらっしゃいます」

「そうか……食事が終わったらここに来るように伝えてくれ。すぐに来るように」

「承知しました」

お民が引き下がると、お登勢が戻ってきた。

「十四郎様」

お登勢は暗い顔で、頷いた。

四

十四郎とお登勢が半次郎を連れ、柳庵の診療所に着いた時、お増は小者の福助が煎《せん》じた薬湯を、布団の上に座して飲んでいた。

診療所に運ばれてきた時の痛みは、柳庵が処方した特効薬でおさまったということだったが、せめて一日二日診療所で休むように柳庵が勧めたのだという。

「お増……」

十四郎の声に振り向いたお増の顔は、青黒く染まった薄い皮膚の上に、乾いた皺が無数に走る、老婆のような形相だった。

お増は、十四郎と一緒に入ってきた半次郎を見て、一瞬息を止めて見詰めたが、それも呼吸にしてひとつかふたつ、すぐに薬湯に目を戻すと、

「なんの用でございますか」

横を向いたまま、ぶっきらぼうに言った。

「おっかさん……おっかさんですやろ」

半次郎が、お増の傍に駆け寄った。

半次郎には柳庵の診療所に来る道すがら、お登勢がお増について、一応の説明はしてあった。

だが、お増が夜鷹だということは伝えていないし、半次郎の母親なのかどうかも、実際のところ、確かめてみなければ分からないのだと言ってある。

ところが半次郎は、お増の顔を見るなり、飛びつくようにして、お増を「おっかさん」と呼んだのである。

これには、十四郎もお登勢も驚いて目を瞠った。

お増は、ちらっと横目で半次郎を見るには見たが、

「どこのどなたか存じませんが、あたしには子供はおりませんよ」

冷たく、言った。

「いや、おっかさんだ。ここに来るまでにお登勢様や塙様にいろいろとお聞きしました。おっかさんが見つかるなんて本当やろかと、私もまだ疑っておりました。ぴんとこなかったんどす。そやけど、その手、その火傷の跡を見て、おっかさんや、思いました……おっかさん、半次郎です」

「何を言ってるんだろうね、この人は……半次郎さんとやら、立派な商人《あきんど》じゃないか。そんなお人が、夜鷹の息子である筈がないじゃないか」

「夜鷹……」

半次郎が驚いた声をあげて、お登勢を見た。

お登勢が頷くと、そうでしたか……というように頷いて、じっと考えているようだった。

十四郎たちは、息を呑んで二人を見詰めた。

ひととき、部屋は沈黙に包まれたが、その沈黙を破ったのは、お増だった。

「聞いてなかったのかい。だから、おっかさんなんて言えたんだよ。あたしはね、夜鷹を束ねるお増っていうんだ。あんたのおっかさんなんかじゃないよ。いいかげんにしておくれ」

半次郎は顔を上げた。まっすぐお増を見て言った。

「いいえ……夜鷹であろうとなんであろうと、あっしにとっては変わりございまへん。おっかさんはおっかさんどす」

「うるさいねえ。おかえり」

「おっかさん……」

「芝居がかった声出すんじゃないよ」

お増が、きっと険しい顔を、半次郎に向けた。

「お増……その言いようはあんまりではないのか」

みかねて十四郎が膝を乗り出した。

「半次郎の気持ちも考えてみろ。上方からわざわざ母親を捜しにやってきたんだ。もしお前が母親でなかったとしてもだ。他に言いようがあるだろう。いつものお前らしくもない」

「旦那……あたしはね、この人がつまらないことに迷わないようにと思って、言ってやってるんですよ」

「そうかな。お前には息子がいたことは分かっている。桶川の宿まで調べにいってきたんだ。嘘をなぜつくんだ。半次郎の母親じゃないのなら、そんな嘘をつく必要もないではないか」

「……」

「お増……」

「旦那、もう一度言いますよ。あたしには子供はいません。半次郎さんとやら、そういうことですから、帰っておくれな」

お増はごろりと横になると、十四郎たちに背を向けた。

半次郎は唇を嚙み締めて、お増の背中を見詰めていたが、

「もう一言だけ、聞いてくれはりますか。あたしのおっかさんは、砧《きぬた》をよく打ってました。へえ、麻の布です。子供のあたしは母の砧を打つ音を聞いて大きくなりましたが、その時、母が歌っていた歌がありますねん。うろ覚えで、全部は覚えてしませんけど……」

半次郎はそう言うと、大きく息を吸って、膝の上に置いた両手で拳をつくり、砧の歌を口ずさんだ。

秋の夜の　きぬたの音の哀しきや
ほろほろほろと鳴く鳥か　鳴く……とり

半次郎は泣き出した。二の腕を両目に当てて、しぼりだすような声をあげた。

「半次郎さん」

お登勢が、込み上げるものを呑み込んで、呼びかけた。

「すんまへん」

半次郎は頭を下げると、飛び出した。

「半次郎」

十四郎が後を追った。

半次郎は人気の絶えた弥勒寺《みろくじ》橋の欄干から、暗い川面を見詰めていた。

橋は診療所を出てすぐのところ、北側に向けて架かっている。

半次郎の横顔は、月の光に青白いほどに映え、その頰に一筋流れ落ちた遅れ毛が、川風を受けて揺れていた。

「半次郎……」

十四郎はゆっくりと近づいた。

「塙様、お世話になりました。私は明日、上方に帰ります」

「いいのか、このままで」

「へえ。あのお人はおっかさんに間違いないと存じます。あの人が違うと言っても、私には分かります。人には知れない、言うに言われないものを感じました。そやけど、もういいんです。仕事の目途もつきましたし、それで……」


翌早朝、半次郎は、橘屋を後にした。

――今度江戸に出てくるのは、いつのことか……。

半次郎は佐賀町《さがちょう》に出て、永代《えいたい》橋の上で、秋を迎えた深川の景観を顧みた。

橋を渡って日本橋に出て、首を長くして待っている筈の女房に土産を買って、そこから品川《しながわ》に向かうつもりだった。

帰省は二、三日後のことだと思っていたから、取引の決まった商店にも、まだ挨拶をしていなかった。もう一度立ち寄って礼を述べてから、京に帰った方がいいだろうと考えた。

だが、日本橋に出て、挨拶回りに手間取って、今夜の宿は品川でとるしかないと分かった時、半次郎は考えを変えた。

憑《つ》かれたように北に向かった。

十軒店《じっけんだな》から東に足を向けると、浅草《あさくさ》御門に出た。

そして、暮れていく柳原堤に出た。

すすきの穂のなびく土手にしばらく佇んでいたが、土手を下りて河原を歩いた。

――この河原の生活が、母のすべてか……。

半次郎は、母の様子を見守ってくれる柳原土手に自身の身を置き、母の苦労を受け止めて帰ろうと思ったのである。

幼い頃に見た父と母の諍いの末の母の火傷、子供心に焼けただれた母の左手が恐ろしく見えて、半次郎はあの時泣いた。

母の左手の親指は、それがために引き攣って、以後、不自由になったことは今でも鮮明に覚えている。

その手を昨夜、半次郎は医者の家で見た。お増がいくら違うと言っても、薬湯を飲む時のお増の左手の甲の皮膚が縮み、それがために親指が引き攣っていたのを、半次郎は見逃してはいなかった。

名乗りあえなかった切なさは、会う前以上に強かった。だが、母の心情を考えれば、あれ以上言い募ることもできかねたのである。

半次郎は石を拾った。

なんの変哲もないただの石ころだったが、手巾で丁寧に汚れを拭いて、そのままそれに石を包むと、懐に忍ばせた。

「そんな石っころ、どうするのさ」

後ろから声をかけられた。

筵を抱えた三十半ばの女が、立っていた。

半次郎はどきりとした。

一瞬、母と重なって見えたのである。

「振り分け荷物を肩にしょったままでさ……今江戸に着いたところかい」

「いや」

「良かったら、あたいを買ってくれない」

「買う?」

半次郎が驚いた顔を向けると、

「やだ、この人、そんな怖い顔して……あんた、夜鷹は初めてなのかい」

女は、くすくすと笑った。

「分かった、そうしよう」

半次郎は頷くと、ずんずん先に立って土手に上がった。

「ちょいと、兄さん」

女は慌てて、半次郎を追っかけてきた。

五

三ツ屋の二階の小座敷は、暗鬱《あんうつ》な空気に包まれていた。

沈痛な表情を寄せあっているのは、十四郎と松波と、お登勢である。

「でも……どう考えても、あの半次郎さんが人殺しをするなんて考えられませんもの。しかも夜鷹を……」

お登勢は鬱然とした顔を、松波に向け、そして十四郎に向けてきた。

昼の八ツ（午後二時）過ぎ、十四郎は柳庵の診療所によって、お増の容体を聞いた。

柳庵の話では、お増はすっかり食欲も失せて臥せっているということだったが、体の痛みは薬が効いているとみえ、落ち着いているようだった。

その足で橋屋に赴《おもむ》くと、玄関に入った途端、異様な空気に包まれているのが知れた。

出迎えたお登勢は、先程、南町の同心がやってきて、宿泊していた半次郎について、いろいろ聞いて帰ったところだと言った。

「半次郎さんが、夜鷹を殺したっていうんです」

「馬鹿な。半次郎は今朝早く江戸を発っている筈ではないか。何かの間違いではないのか」

驚愕して聞き返した十四郎に、お登勢は、南町の同心の話では、殺されたのはおみつという女で、今朝神田川に浮いていたのだが、昨晩おみつと一緒だったのが半次郎だったのだという。

お登勢は南町の同心に、なぜ半次郎が殺したと断定できるのか、事件の仔細《しさい》を教えてほしいと頼んだが、同心は何もしゃべってくれなかった。

それで、藤七を使いに出したのだが、夕刻になって、松波は知り得た情報をもって、三ツ屋にやってきてくれたのである。

町奉行所は、この月、当番は南町になっている。

北町は非番で、松波にしても、南町に問い合わせるしか方法がなかったらしい。

ただ、非番であっても、まったく北町が動いてはならないという訳ではない。

南町がいったん着手した事件を、北町が主になって動くことは、よほどのことがないかぎりできかねるということだった。

まずは、南町の調べをみるしかないのである。

十四郎は、組んでいた腕を解いて、

「松波さん。半次郎が、夜鷹のおみつを殺したと言っているのは、同心の大鳥といわれましたな」

「そのようです」

「………」

「塙さんは、大鳥なる同心をご存じですか」

「知っている。と言っても、一度会っただけですが」

十四郎は、数日前に柳原土手で、夜鷹を強請《ゆす》る大鳥を目《ま》の当たりにしたことや、秀次から聞いた大鳥の悪行を松波に告げた。

「やはりそうですか。以前から私もいろいろと悪い噂を聞いている」

「悪い噂……」

「実は半年前にも夜鷹殺しがあったのですが、その時も大鳥なる同心が、河原に寝ていた浮浪者が下手人だと言いたてまして」

「下手人だったのですか」

「番屋にひっぱってくる前に、河原で抵抗されたとかなんとか申して、打ち据えて殺してしまったのですよ、大鳥は……」

「何……松波さん。そういうことなら、半次郎が下手人だというのも、鵜呑みにはできませんな」

「しかし今度の場合は、半次郎がおみつと、柳橋の飲み屋にいるのを見た者がいる。『おかめ』という店だが、主も証言しているのだ。おみつが死ぬ前に、半次郎と一緒にいたことは間違いない」

「うむ……」

それでも、半次郎が人殺しをやったとは、十四郎にはとうてい考えられなかった。

「十四郎様。半次郎さんは、なぜ、江戸に留《とど》まっていたのでしょうか」

考えていたお登勢が、まだ納得がいきかねて首を傾げた。

「お登勢殿。半次郎は、京に帰るという挨拶をするために、商談の決まった商店をまわっていたようです。ですから、昨日のうちに出立《しゅったつ》するつもりではあったようだが……」

松波が言葉を添えた。

「とにかく、半次郎さんを捜しだして、半次郎さんの口から話を聞かないことには……」

お登勢は、きっと十四郎を見詰めてきた。

「うむ……」

十四郎はすぐに平右衛門町の秀次の裏長屋に赴いた。ちょうど秀次はおみつに線香をあげて帰ってきたところだった。

「おみつには子供がいたのではないのか」

「へい。大家がいったん預かりまして、父親のところへ送るようです」

「そうか……お増に知らせたのか」

「いえ、まだです。これ以上具合が悪くなってはと思いまして……まっ、ここに帰ってくれば知ることになるでしょうが、それまでは」

「うむ。秀次、他でもない。おみつは半次郎という商人に殺されたのだと役人は言っているようだが、お前なら何か知っているのではないかと思ってな、それで来たのだ」

十四郎は秀次に、半次郎は十四郎が雇われている橘屋の泊まり客だったのだと告げた。

「旦那、おみつさんを半次郎さんが殺す訳がありませんよ。いえね、あっしは、半次郎さんという人に会ったことはありませんが、おみつさんから半次郎さんがどんなお人だったか聞いております」

「やはりおみつは、半次郎と会っていたのか」

「へい。仏様のような人だったって言ってました。第一、おみつさんが殺されたのは、半次郎さんと別れた後の五ツ半（夜九時）過ぎです。あっしは、大鳥様にもそのことは伝えたのですが、まったく聞く耳をもたないのです。でたらめを言うな。お前は牢に入りたいのか、と、こうですから」

秀次の話によれば、おみつは昨晩、半次郎と別れた後、河原に戻ってきたが、その時、あんな優しいお客さんに会ったのは初めてだと言い、客に貰ったという一両小判と鼈甲《べっこう》の簪《かんざし》を、秀次に見せたのである。

「まるで、きつねにつままれているみたい……」

おみつは頬をつねって、嬉しそうに笑っていた。

おみつは、客は上方からきた半次郎という商人だったと言い、店に入ると、なんでも好きなものを腹いっぱい食べろと言ってくれたのだと、肩を竦《すく》めて、秀次に得意げな顔をしてみせた。

それでおみつは、鰻飯《うなぎめし》を腹いっぱい食べたらしい。

すると、半次郎は自分の分もおみつに食べろと言い、おみつがうまそうに食らいつくのを目を細めて見ていたが、その間に「仕事、辛いことありまへんか」などと、おみつが夜鷹になった事情などいろいろと聞いてきた。

おみつは、鰻飯をほおばりながら、自分は離縁して女手ひとつで、十歳になる女の子を育てているという話や、仕事は辛いが、夜鷹を束ねるお増姉さんという人がいて、なにかと気遣ってくれるので、なんとか頑張っていけているのだという話をした。

ただ、夜鷹をいじめる同心がいて、あの同心さえいなければ柳原土手の夜鷹の生活はずっと楽になるのだという話をすると、半次郎は同心の名を聞き、じっと考えていたらしいが、店を出たところで、おみつに一両と簪を渡してくれたのだと、おみつは秀次に話していた。

「貰った簪は、どうやら、半次郎さんがお内儀に江戸土産として買っていたものらしいが、半次郎さんは『家内には、また別の簪を買ってかえりますよって』などと言い『子供さんのために、しっかり頑張って下さいよ』とおみつさんを励まして、それで別れたのだと、おみつさんは言ってました」

おみつは、秀次にその簪を見せびらかした後、長屋に帰っていったんだと秀次は言った。

「それが、五ツ半過ぎだったのだな」

「へい。ですからね、半次郎というお人が下手人だなんて、とんでもねえこじつけですぜ」

秀次は、おみつの遺骸があがった時、おみつが持っていた金と簪がある筈だと役人にも言ったのだが、そんな物は出てこなかったと言われたのである。

むろん、大鳥にもその話をしてみたが、大鳥は夜鷹が一両も持っている筈がないだろうと、取り合ってくれなかったと、秀次は悔しがった。

「そうか……それはそうと、秀次、おみつの死体が見つかったのはどの辺りか、お前は知っているのか」

「へい。案内《あない》致しやす」

秀次はすぐに、十四郎を柳原土手の新《あたら》シ橋ちかくの河原に案内した。

おみつは、新シ橋の袂でひっかかっていたのを、通りかかった舟が見つけたらしい。

「あの辺りです」

秀次が指差した。

「いま鳥が浮かんでいるあの辺りです」

秀次は、もう一度言った。秀次が指したその辺りは、夕暮れの薄墨色に包まれていて、そこに白い鳥が二羽、浮かんでいた。

二羽のうちの一方は、ひとまわり大きい体だった。夫婦鳥かあるいは親子鳥かと思われたが、十四郎には、おみつとおみつの娘が名残《なご》りを惜しみ、漂っているようにみえた。

「旦那……」

秀次の声が飛んできた。

小走りして秀次の傍に行ってみると、そこには、黒い血痕がとび散ってこびりついた石ころが転がっていた。

六

大鳥六三郎《ろくさぶろう》が、茅町《かやちよう》一丁目の水茶屋の女に送られて店を出てきたのは、まもなく五ツ（夜八時）の鐘が鳴ろうかという頃だった。

女は、軒行灯の灯の下で、大鳥に甘えるような仕草を見せると、伸び上がって、大鳥の耳元に囁いた。

その女の髷《まげ》には、鼈甲の簪が艶やかな色を放っていた。

「旦那」

秀次が目で簪を捉えたまま、十四郎の袖を引いた。

「よし、お前は北町に走ってくれ。南町でなく北町だぞ」

十四郎は秀次に小声で言い、促した。

「与力の松波様でございやすね。それじゃあ……」

秀次は、ひらりと軒を離れると、闇に消えた。

「藤七、行くぞ」

十四郎は藤七と、大鳥の後を追った。

昨夕、秀次の案内でおみつ殺しの現場を検分した十四郎は、今朝から藤七と手分けして、神田界隈の旅籠を一軒一軒、当たっていた。

半次郎が橘屋の宿を払った晩に、いずれかの宿で泊まっている筈だと思ったからである。

その宿にまだ逗留しているかどうかは定かではなかったが、十四郎はまだ府内の神田界隈にいるのではないかと考えていた。

一つは、半次郎はおみつから、夜鷹をいじめる同心がいて、その同心は南町の大鳥だと聞き、異様な反応をみせていた。

もう一つは、おみつの遺体が見つかったその昼のうちに、半次郎は下手人にされている。南町は半次郎の退路を断つために、すぐに品川の宿に役人を走らせて警戒にあたっていると聞いている。

そういった事情を考え合わせると、おみつの遺体が発見された当日早朝、江戸を出立していれば、半次郎は江戸を出ることもできただろうが、役人が品川に走ってからは、容易に江戸から出られるとは思えなかった。

――しかも半次郎は、路銀の残金からおみつに一両もの大金を渡している。

持ち金の少なくなった半次郎が泊まる宿は、安宿に違いないと十四郎は考えていた。

それで昼頃から、馬喰町の安宿を重点的にまわったのだ。

馬喰町には旅籠が四十二軒も集中している。

地方から訴訟ごとがあって江戸に出てきて長逗留している者や、半次郎のように商いのために江戸に出てきて泊まっている者などが多く、旅籠も多いが、どの宿も宿賃は格段に安い。

はたして、『住吉屋《すみよし》』という旅籠に、半次郎は泊まっていた。

しかし、宿泊は一泊かぎりで、半次郎が出立したその朝には、もう役人が聞き合わせに現れたりして、以後の半次郎の足取りは摑めなかった。

一回りして櫓下《やぐらした》で藤七と昼食をとっていると、松波からの使いが来た。

松波は、配下の調べで、半次郎が馬喰町の隣町、亀井町《かめいちょう》の道具屋で匕首を買ったことが分かったのだと知らせてくれた。

半次郎は、馬喰町の宿屋を出た日に匕首を買っていた。

嫌な予感がした。あくまで勘だが、半次郎が江戸に残っていることと、匕首を手に入れたことは、無関係ではないのではないかと思われた。

――半次郎は、大鳥を狙うつもりかもしれぬ。

十四郎は、半次郎の足取りを追うのを中断して、南町の大鳥に張りつくことにした。

大鳥のような人間は、死んだほうが世のため、人のためである。

とはいえ、その役を半次郎にさせてしまってはならぬ。

十四郎は、南町の門前で大鳥を待った。

はたして大鳥は、奉行所が当番月にもかかわらず、八ツ（午後二時）にはもう奉行所を退出してきた。

その足で両国に出ると、芝居小屋をのぞいたり、矢場で遊んでみたりと、ぶらぶらした揚げ句に、夕刻になって茶屋の女のところにしけ込んだのである。

むろん、芝居小屋にも矢場にも大鳥は一銭も払っていない。役得とばかりに顔を利かせ、百蔵と連れ立って遊んでいる。

大鳥の仕事は、暗くなってから柳原土手に立ち、見回りと称して夜鷹からピンハネをするのが全てのようだ。

十四郎は大鳥を尾行しながら、大鳥の周辺にも厳しい目配りをしてきたが、半次郎の姿はなかった。

――俺の取り越し苦労かもしれぬな。

大鳥が茶屋に入るのを見届けた時、秀次が茶屋の横手から、十四郎を呼んだ。

「旦那、おみつさんを殺ったのは、大鳥ですぜ」

秀次は得意げな顔で告げた。

「まことか、誰か見ていた者でもいたのか」

「簪ですよ、旦那」

「簪」

「へい」

秀次は、柳橋で、おみつが半次郎から貰った簪と同じものを挿している女を見つけ、ここまで追ってきたのだと言った。

「おみつさんが貰った簪の頭の部分には、朱に近い鮮やかな斑点がありました。大鳥の女の頭にあるものと同じです。同じ部分に同じ斑点がある鼈甲の簪なんて、ありゃあしませんからね」

秀次は怒りを込めた目で、十四郎をじっと見た。

——そうか。大鳥はおみつを殺し、金品を奪い、しかもその罪を半次郎になすりつけたのだ。許せぬ。

十四郎は藤七と大鳥を追う足を速めた。

まもなく柳原土手だった。

十四郎は、大鳥が柳原土手から河原に下りていくところで、呼び止めるつもりだった。

「十四郎様……」

藤七が立ち竦んだ。

川岸に船が停泊していたが、その船の舳先に光る提灯の明かりの先に、ぬっと現れた男がいた。

男は、大鳥が河原に下りてくるのを待っている。

「半次郎ではないか」

十四郎と藤七は、急いで河原に走った。だが二人が河原に走り下りるより早く、半次郎が何か叫んで大鳥に斬りつけたのが見えた。

鈍い光が、すーっと流れたように見えた。

大鳥は、半次郎の一撃を躱すと同時に、腰の刀を抜き放った。

「待て」

十四郎が飛び込むより早く、大鳥の刀が風を斬った。

半次郎は、かろうじて体を引いて大鳥の刃を避けたが、尻餅をつき、次の一撃を肩に受けた。

「うっ……」

半次郎が肩を押さえて、大鳥を睨み据えた時、ふたたび大鳥の刀が振り下ろされた。

だが、その一閃《いっせん》は、大鳥の手を離れ、空に飛んだ。

「貴様は……」

大鳥は、十四郎の姿を目を剥いて見迎えた。慌てて脇差を引き抜こうとしたが、その手が止まった。

大鳥の喉元には、十四郎の刀の切っ先が、突きつけられていた。

「もう終《しま》いだ、大鳥六三郎。おみつを殺したのはお前だな」

「な、何……おみつを殺したのは半次郎とかいう男だ。俺はおかめから二人が出てくるのを見ているのだ」

大鳥は首を切っ先に預けたまま、うそぶいた。

「語るに落ちたな……。お前は、半次郎がおみつに渡した金品を奪うために殺したのだ」

「知らん」

「何が知らんだ、この鬼」

土手を転げるようにして走ってきた夜鷹がいた。膏薬の女だった。女は、大鳥を指して叫んだ。

「あんたは、おみっちゃんを脇差で殺しただろ。その後で、その脇差を川で洗って、おみっちゃんの着物の裾で拭いたんだ。あたしは見ていたんだよ」

「女、そのこと、奉行所で証言できるな」

十四郎が、切っ先を大鳥に向けたまま、膏薬の女に聞いた。

「できるさ。仕返しがおそろしくって黙っていたけど、縄をかけられた鬼など、へん、もう怖くないからね。この鬼が、あたしたちにやってきた悪事を、全部、ぶちまけてやる」

「そういうことだ大鳥の旦那。もうすぐ北町も参る。それまでここに座っておれ」

「塙様……」

半次郎が呼んだ。半次郎は、藤七の胸に抱き抱えられていた。

「お手数を……」

「分かっておる……手当てが先だ、半次郎」

「塙様……あっしは、おみつさんに誘われた時、母を、おみつさんに見たような、そんな気が……」

「半次郎さん……半次郎さん」

藤七は、腕の中でぐったりとした半次郎を呼び続けた。


柳庵の診療所は、溜め息ひとつも部屋に響くほど、静寂に包まれていた。

肩から胸にかけて、白い包帯を当てた半次郎は昏睡状態で、半次郎が臥せっている傍には、お増がつきっきりで座っていた。

その状態が、もう二日も続いていた。

半次郎が診療所に運ばれた時、柳庵はその傷の深さに驚いて、すぐに外科の手術を施した。

手術には十四郎も藤七も立ちあって、器具を消毒する湯を沸かしたりして、おおわらわだった。

柳庵は、十四郎が見たこともないような厳しい顔で、ぱっくりと開いていた傷口を、布でも縫い合わせるように六針も縫った。

「これで、救急の処置は終えました。あとは意識が戻るかどうか、山はこの三日の間です」

柳庵がそう言った時、

「半次郎……」

蒼白の顔で、見守り続けていたお増が泣き崩れた。

お増は、ようやく腹の痛みも和《やわ》らいで、柳庵の診療所を出ようとしたところだった。そこに、先夜冷たく突き放した半次郎が、瀕死《ひんし》の状態で担ぎ込まれてきたのである。

驚倒《きょうとう》して茫然《ぼうぜん》としているお増に、十四郎は言った。

「やはり、半次郎はお前の息子だったのだな」

お増は、こっくりと頷いた。

「お増、半次郎もお前を母だと確信していたのだ。だから、お前に冷たくされても半次郎は、お前への思慕が断ち切れず、柳原土手にむかったのだ。そこで、おみつという夜鷹に情けをかけた。その情けが仇となって、おみつは大鳥に殺されたが、そのおみつから、大鳥の悪事を聞いた半次郎は、大鳥さえいなければ、母のお前や、夜鷹たちが楽になる。そう考えて大鳥に斬りつけたのだ」

「半次郎……半次郎、許しておくれ」

お増は物言わぬ半次郎に取りすがって泣いた。

「おっかさんはね。お前を思わない日は一日たりともなかったんだ。でも、こんな夜鷹の女がおっかさんと名乗っては、お前が可哀想だ……そう、思ったんだよ、半次郎」

「馬鹿な……お互いにどんな境遇にあろうとも、母は母、子は子ではないか。運よく命が助かったら、今度こそ名乗ってやれ。いいな」

お増は、頷いた。

「あたしの命に代えても、きっと……」

お増は、腹の痛みも忘れたように、半次郎の傍らで祈り続けてきたのであった。

「十四郎様、皆様のお弁当をお持ちしました」

お登勢が藤七と入ってきた。

藤七は背負ってきた弁当を入れた包みをそこに置くと、いかがですかと小声で聞いてきた。

「見た通りの状態だ」

「十四郎様。大鳥が、すべて吐いたそうです」

「そうか……」

頷いて半次郎を見遣った時、半次郎が顔を歪めた。

「半次郎……」

お増が呼んだ。

「静かに……」

柳庵は厳しい顔で、半次郎の脈を診て、それから額に手を当てると、

「助かりましたよ、半次郎さんは」

ほっとした顔で、十四郎に、そしてお登勢に笑顔を見せた。

半次郎が僅かに目を開けた。

「半次郎さん。助かったのですよ、よかったですね」

お登勢が半次郎の耳元に声をかけると、半次郎は小さく頷いて、また目を閉じた。

お増は、半次郎の手をとると、半次郎の耳元にささやくように歌い出した。

秋の夜の　きぬたの音の哀しきや
ほろほろほろと鳴く鳥か　いや枕辺のなみだなり
ひかりはひとつ　この稚児の
幸せ願うお多賀さま　届けよ届けや、母ごころ
きぬたの音や　ねんころろん　ねんころろん

目を閉じている半次郎の瞼《まぶた》から、一筋、涙が落ちた。

涙は、幾筋にもなって、落ちてきた。

お増も涙をこぼしながら、また同じ砧の歌を口ずさむ。

秋の夜の　きぬたの音の哀しきや——。

「十四郎様……」

お登勢は、袖で目元を押さえると、外に出た。

十四郎も、お増の声に送られるように、外に出た。

お登勢は、弥勒寺橋の欄干から、川面を見詰めて佇んでいた。

つい先だって半次郎も、同じ場所に立っていた。

「お登勢殿」

十四郎は肩を並べ、お登勢の視線の先を追った。

そこには、月の光をあびた川の面が、きらきら光を放ちながら流れていた。

第四話　月の弓

一

「まさか……金五が、女剣士を妻に望むとは、思いもよりませんでした」

波江《なみえ》は、懐紙で口元を押さえながら、まだ箸を使っている十四郎とお登勢に、恨めしそうな目をちらっと向けた。

――来たな……いよいよだ。

十四郎は、覚悟を決めて箸を置いた。

お登勢も同じ様に箸を置いて、波江を見詰めた。

「あら、お二人とも、もうよろしいのですか」

波江は、十四郎とお登勢の膳に、まだ残っている料理があるのを気にしているようだった。

波江は膳の上にあった料理すべてを片づけていた。

小鯛《こだい》の塩焼、茶豆腐、芋の煮ころがし、蒸しはまぐり、それに香《こう》の物など、波江はいちいち、この味はどうだこうだと批評しながらも、そのくせ舌鼓《したつづみ》を打っていた。

「茶豆腐は、煮だしたお茶にお豆腐を入れて煮立てて染め上げますが、お茶のよしあしでお豆腐のお味が決まりますし、やっぱり、山葵《わさび》味噌で頂くのが一番でしようね」

などと、うんちくを述べるのであった。

料理屋で出された茶豆腐には、稀《うす》醤油に花鰹、山葵が添えてあったが、波江は、味噌に油胡麻胡桃《しろごまくるみ》をすり合わせ、それに擦《おろし》山葵を加えた山葵味噌なるもののほうが、より茶豆腐を美味しく頂けるというのである。

年齢の割りにはなかなかの健啖《けんたん》ぶりで、あれよあれよという間に、口の中に次々と料理を運び、終わったところで、胸にあった屈託が頭をもたげたらしい。

女剣士とは秋月千草のことで、諏訪町《すわちょう》に道場を持つ剣客である。

この夏、金五は神田川にかかる和泉橋《いずみ》の上で、旗本の子弟のごろつきどもに襲撃され、千草に助けられた。

千草は、旗本三百石の一人娘だったが、父が殺されたため御家断絶《おいえだんぜつ》となり、爺やの彦左衛門《ひこざえもん》と暮らしていた。

凛《りん》とした美貌に一目惚れした金五は、千草の心を摑むために千草の父が殺された事件解決に奔走した。

犯人は、狐の嫁入りではないかと見紛《みまが》う奇怪ななりをした、寺の財宝を専門に狙う盗賊だったが、寺社奉行所配下の栗田徳之進《くりたとくのしん》、北町奉行所の与力松波孫一郎たちと見事捕縛したのである。

むろん十四郎もお登勢もかかわった事件だが、それが縁で、金五は千草と婚姻の約束を取りつけたのである。

しかし千草は道場主、金五は寺役人で、当分通い婚で母との同居はむつかしい。

そこで、金五の母の説得を、十四郎とお登勢が頼まれたのである。

二人はかねてより、波江に金五の心積もりを伝えていたのだが、波江は不承不承だった。

承知はしたが納得のいかない波江は、たびたび橘屋を訪れて、千草の人となりを聞いて帰るのだが、やれやれやっと得心したかと思って見ていると、また、使いをよこしたりするのである。

今日は、慶光寺の主、万寿院からのお祝いを届けたのだが、案の定、なぜ金五は顔を出さないのかなどと聞いてくる。

それでお登勢は、波江を料理茶屋に誘い、千草という女性の心映えの良さなどを食事をしながら伝えたのだが、波江は食事中はもっぱら料理に関心があるようで、お登勢の話を聞いていたのかどうか。終わった途端、溜め息を漏らしたのであった。

いずれにしても、千草のことをどう説明しようが、波江の心配は次から次に起きるのだから、最後にはこういった成り行きになるのは、阿部川町《あべかわちょう》のこの料理茶屋に波江を誘った時から分かっていた。

それでも波江の愚痴を聞いてやれば、少しは気持ちも安らぐだろうと、十四郎もお登勢も考えたのであった。

お登勢は、花びらのように形の良い唇に笑みを添えて、波江に言った。

「母上様。女剣士と申しましても、千草様はとても初々《ういうい》しい心映えの美しいお方でございますよ。これ以上のご心配は無用だと存じますが……」

「そうかもしれませんが、お登勢殿、では、千草殿はお茶やお花の道はいかがでございましょうや。剣術ばかり鍛練していたと聞いておりますから、女子の嗜《たしな》みが果たしてできているのかどうか」

「そのようなものはどうとでもなります」

「それに……」

「それに」

「一緒に暮らせないということは、孫が生まれても、わたくしはわざわざ会いにいかなければなりません。そんな不便なことってあるでしょうか」

「……」

「金五は、幼い頃から優しい子でした。その金五が……あの子がそんなことを言うのかしらと思いましてね……」

また、溜め息をつく。

「母上殿。それがしが思うに、金五にとってはこれ以上の嫁御はござらぬのではないかと思いますぞ」

「まっ、十四郎殿。それは言い過ぎではございませんか」

「気を悪くされたらお許し願いたい。ですが、こたびのこと、金五にしては久々の金星。人も羨む女子を妻にするのだ。取り越し苦労はそれぐらいになさる方がいいのではないですか」

「十四郎様のおっしゃるとおりだとわたくしも存じます。近藤様は本当にいつも母上様のことを案じておられます。この先もゆめゆめないがしろになどなさらないと存じます。近い将来には、一緒にお過ごしになれます、きっと……」

「そうですね……金五はそのような子ではありませんもの。それに、千草殿も元旗本三百石、秋月甚十郎《じんじゅうろう》様の忘れ形見。武家の道を心得ておられるあっぱれな娘御……あなたがたのおっしゃるとおりの方だと私、お見受けしました」

「あら、千草様とお会いになられたのでございますか」

「いいえ、ちらっと……道場の窓から」

「まあ、ちらっと、覗かれた」

「はい」

波江は、ばつの悪そうな顔をして、笑みを作った。

心配性の波江は、どうやらこっそり、千草を観察に行ったらしい。

十四郎はお登勢と、波江に気づかれぬよう見合って苦笑した。

それで波江の今日の心配はおさまったらしく、波江は、十四郎殿も妻を娶らねば、などと言って茶を啜った。

料理茶屋を出たのは八ツ過ぎだった。

波江は一人でぶらぶら帰るから見送りは無用だと、二人に礼を述べて踵を返した。

その時だった。

地上を蹴る蹄《ひづめ》の激しい音が聞こえたと思ったら、鬣《たてがみ》を炎のように靡《なび》かせて、疾駆《しっく》する馬が現れた。

馬は了源寺《りょうげんじ》の角を曲がってきたらしく、蹄の音を聞いた時には、面前に迫ってきており、目を血走らせた若侍が、馬乗り袴に白襷白鉢巻き姿で、馬に激しい鞭《むち》をくれ、路上は真っ昼間の往来だということなど、頭の片隅にもないといった有様だった。

「危ない」

十四郎が叫ぶまもなく、西方に踏み出していた波江の傍を、馬は突風をともなって駆け抜けた。

煽《あお》りを食って、波江はそこに倒れ込んだ。

「母上様」

お登勢が波江に走り寄った。

十四郎が、走り抜けた馬をきっと振り返った時、馬ははるか遠くを疾行していた。

躍動する馬の腰の動き、馬上の武士の白い襷の靡《なび》くのが、尋常ならざる事態を運んで行ったことは一目で察せられた。

十四郎が、波江に目を戻した時、波江はお登勢の肩に摑まって、立ち上がっていた。

「怪我は」

十四郎が駆け寄ると、波江は口を引き結んで、

「何のこれしき……心配には及びませぬ」

お登勢の手を振り切って、帰って行った。

「なに、腰を少し痛めたらしいが、たいしたことはないらしい。柳庵から貰った薬を届けるだけだ」

金五は、母の波江が早馬の疾風を受けて転び、それがもとで臥せっていると実家からの使いを受けて、母の見舞いに帰ってくるのだと言った。

十四郎やお登勢には強がりを言ってみせた波江だが、ここ一日二日の間に痛み

が襲ってきたらしく、息子の金五に泣き言を言ってきたらしい。

実家に泊まることはないと思うが、その間、駆け込みがあった時にはよろしく頼むと、金五は玄関口で十四郎とお登勢に言った。

「わたくしがお誘いしたばっかりに、申し訳ありません。どうぞお大事になさいますように、お伝え下さいませ」

「心配はいらぬ。おふくろは俺を呼びつけたいだけだ」

金五が苦笑して、踵《きびす》を返した時、

「近藤様、駆け込みでございます」

寺務所の小者が飛んできた。

「何、駆け込みだと」

「はい。町駕籠《かご》で乗りつけて参りまして、寺務所で待っておりますが、どう致しましょう」

「追っ手は、いないのだな」

金五は念を押した。

駆け込んできた妻に追っ手を差し向ける亭主がいて、寺の門前で悶着《もんちやく》を起こす場合も多々あることから、それを確かめたのである。

「それはないようです。ですから、すぐにこちらにお連れしてもよろしいのですが」

小者は、金五の顔を窺った。

寺宿「橘屋」は、縁切り寺「慶光寺」の真ん前にある。もっとも、寺から橘屋に移動するためには、寺を囲んでいる三間ほどの堀に架かる石橋を渡り、門前町の路を渡らなくてはならぬ。

しかし追っ手がなければ、移動もたやすい話であった。

「金五、俺たちに任せておけ」

十四郎が三和土《たたき》に下りた。

「いや、そうもいくまい」

金五は、持参する笞の膏薬を藤七に届けるように頼み、十四郎とお登勢と一緒に、寺務所に入った。

「ご厄介をおかけします。私は南茅場町《みなみかやばちよう》に店を張る米問屋『福田屋《ふくだ》』の女房でお美濃《みの》と申します。どうぞよろしくお願い致します」

お美濃は、寺務所の板間に手をついた。

年の頃は三十半ば、しっとりとした物腰、香しく匂いたつような色気、膝前に揃えた両の手のすべすべとした白さ、とても町場の女房とは思えない何ともいえぬたおやかな女であった。

「して、駆け込んできた訳は」

金五は、お美濃が顔を上げるのを待って聞いた。

「夫の、奇行でございます」

「どのような」

「夜中に突然起き上がって、しくしく泣きます」

「悪い夢をみているのではないのか」

「かと思っていましたら、くすくす笑います」

「ふーむ、それは奇怪な……しかし何か、例えば商いに原因があるとか」

「いえ、そのようなことはございません」

「しかし、そんなことでは離縁は難しいし、駆け込んでこられても、寺も引き受け兼ねる。気味は悪いが、女房殿に危害を加えるという訳ではないからな」

「いえ、まだあります」

お美濃は、咄嗟にそう言うと、何か思案している様子だったが、

「実は、夫は嫉妬深い人でございまして、私を縛りつけて一歩も外に出してはく

れません」

「何……原因もないのに縛りつけるのか」

「はい」

お美濃はそれで目を伏せた。

濡れたような長い睫《まつげ》が、哀しみを宿して震えていた。

「ふーむ」

金五は、お美濃をしげしげと見詰めて唸《うな》った。

これほどの美貌なら、夫が嫉妬をするのも頷けると、傍で見守っていた十四郎も考えていた。

「嘘偽りはございませんね、お美濃さん」

お登勢が尋ねた。

お美濃は、こっくりと頷いて、お登勢の顔をじっと見た。縋るような、切ないような目のいろだった。

「近藤様……」

お登勢は、お美濃の視線を外すと、金五に顔を向けて頷いた。

これで、橘屋でお美濃を預かり、寺入りのための調べを引き受けるという決断が下されたのである。

二

福田屋は、地回米《じまわりまい》や上方からの下り米を扱う、江戸では商人米と呼ばれる米を商う米問屋のようだった。

商人米の流通量は全体の半分以上を占めている。この他には札差《ふださし》らが扱う幕府米（御蔵御払米《おくらおはらいまい》）が二割三分、藩米（諸家様御払米）が二割五分ほど流通していた。

幕府米を扱って高利をむさぼる札差とは違い、商人米を扱う米問屋は、札差のような豪奢《ごうしゃ》な生活には及ぶべくもないが、さりとて、主食である米を扱う商人ならではの豊かな生活は約束されているようなものである。

だが福田屋は、他の米問屋に比べれば、質実な商いや生活が見えてくるような店構えだった。

主の清兵衛《せいべえ》からして、質実で温厚な感じのする男だった。番頭格の周助《しゅうすけ》なる初老の男も、実直そうな人柄が客への応対に表れていた。

お美濃の申し立てにより、半日、福田屋の店前に張りこんで、夫である清兵衛や店の様子を観察した十四郎の感想はそうだった。

一見した限り清兵衛は、お美濃が申し立てたような、女房を縛りつけるような男には見えなかった。

「十四郎様……」

藤七が走ってきた。

藤七は店の軒近くで、福田屋から出てきた米の仲買人に話を聞いていたところだった。

「一刻程前に入った武家が出てきます」

「うむ」

十四郎と藤七が、向かいの店の角に身をよせて注視していると、清兵衛に送られて、武家二人が表に出てきた。

いずれも険しい顔つきをして出てきたところをみると、中で行われた用談が、納得いかない結果だったということらしい。

武家二人は、見送りに出てきた清兵衛に一瞥をくれて踏み出したが、その背中にも足の捌《さば》きにも怒りが表れていた。

見送る清兵衛の表情にも、頑《がん》とした厳しいものが見て取れた。

「藤七……」

十四郎は、武家二人を藤七に尾行させ、自身は店の中に足を向けた。

「主の清兵衛に取り次いでくれ。慶光寺の寺宿橘屋の者と言えば分かる」

店先で、俵からこぼれた籾米を掃きとっている女中に告げた。

女中が奥に消えるとすぐに、清兵衛が現れて、店の奥の座敷に十四郎を案内した。

「お茶をこれへ、それと、誰も近づかないように、伝えておくれ」

清兵衛は、十四郎を座敷まで案内した老番頭の周助《しゅうすけ》に言った。

「はい。そのように……」

周助は、心得顔で下がって行った。どうやら、周助だけは、お美濃の駆け込みを承知しているらしかった。

「さて、他でもない。こちらのお内儀だが、慶光寺に駆け込んできたことは存じておるな」

十四郎は、茶を運んできた女中が下がるのを見届けて、清兵衛に聞いた。

「お世話様になっておりますようで、ありがとう存じます。ですが橘屋さん、私は、あれがどう言おうと別れるつもりはございません。それをまず、ご承知おき下さいませ」

清兵衛は丁寧な物言いながら、押しの利いた鋭い目で、十四郎を見詰めてきた。

「ふむ。聞くところによれば、お前は、お内儀を縛りつけるらしいな」

「それには事情があるのでございますよ、塙様」

「ほう、どのような事情かな」

「まさかあなた、そんな夫婦の間のざれごとを、人様に申し開きする必要はないでしょう」

清兵衛は冷笑してみせた。端からお前のような若造に何が分かるかという態度だった。

外見からは想像もできないような、突然の変貌ぶりに十四郎は驚いた。

「では、内儀は寺入りが決定し、離縁となるが、それでも良いな」

「やれるものならやっていただきましょうか。私も商人の端くれでございます。頭から脅しをかけられて、はいそうですかと頷くと思ったら大間違いだってことを、あなたがたにも、お美濃にも知らせてやりましょう。おそらくあなた様は、私に、女房への態度を改めろなんのと言いに参られたのだと存じますが、何度足を運んでこられても無駄足になりますよ」

「女房殿との話し合いもしたくないと……」

「する必要もございませんな。お美濃が何を言っているのか知りませんが、何にしろ条件は呑めませんし、離縁もするつもりはございません」

「強情を張るのも今のうちだ。そのうち、お前さんの身内と女房殿の身内双方呼び寄せて協議と相成る。その時には、嫌でも慶光寺まで出向いてもらわねばならぬ。よろしいな」

「塙様。その件でございますが、私もお美濃も国を捨てて江戸に出てきた者でございますよ」

「何、国を捨ててこの江戸に」

「はい、ですから、込み入った話に同席してくれる者などおりません」

「いずれの国だ」

「捨ててきた国など、もう関係はございません。申し上げたくもございません。親兄弟とは既に死に別れたも同然、呼び寄せる者など一人もおりませんので……そのことも、どうぞ、ご承知おき下さいませ」

「ふむ」

「お分かりいただきましたら、お帰りを……」

清兵衛はそう言うと、手を打った。

廊下に走る音がして、周助が縁側に跪《ひざまず》いた。

「お客様はお帰りです」

清兵衛は、促すような厳しい目を、十四郎に向けた。

十四郎は腰をあげて廊下に出たが、ふと思い出したように振り返った。

「清兵衛、俺がこちらの店に入る直前に、この店から出ていかれた武家だが、いずれの御家中から参られたのだ」

じっと見た。

清兵衛の顔が一瞬青くなったように思えたが、すぐに清兵衛は表情を取り繕うと、

「あなた様に関係はございません。どうぞ、お引き取りを」

取りつく島《しま》もない、そっけない返事を返してきた。

「気難しい方のようでございますね、清兵衛さんというお方は……」

お登勢は三ツ屋の二階で、十四郎の話を聞き終わると、困惑した顔を向けた。

「うむ。一筋縄ではいかぬようだ。して、お美濃は……」

十四郎は、目の前の酒を手酌で注ぎながら、お登勢に聞いた。

「お美濃さんも、同じようなことを……身内などいない、天涯孤独のような身の上だと」

「国はどこだと申していた」

「それも、話したくないようです」

「そんなあいまいなことでは、こちらも引き受けようがないではないか」

「ええ……お美濃さんもそうですが、ご亭主の清兵衛さんも肝心なことは隠していますね」

お登勢は、お美濃を預かったものの、本当に亭主が嫌になって駆け込んできたのか、疑わしくなったと言い出した。

「実は夕刻、私がこちらに参ります直前に、福田屋さんの番頭さんが、お美濃さんの着替えや身の回りの物を届けに参ったのですが、お美濃さんに対する物言いが、ずいぶんと丁寧なのに、びっくりしました。それに……」

お登勢が、番頭の周助を、お美濃の部屋に案内すると、周助は敷居際に膝をついて深々と一礼し、しずしずと中に入って、

「ご不自由なことがございましたら、何でもお申しつけ下さいませ」

心から労《いたわ》るような言葉をかけた。するとお美濃は、

「手数をかけますが、旦那様のこと、よろしくお願い致します」

胸に迫った切ない声を出した。

お登勢が二人の会話を聞いたのはそこまでで、すぐにその部屋を離れたが、お登勢が部屋を離れた途端、二人の会話はひそひそ話に変わったというのである。

「私たちは、騙されているのかもしれませんよ」

お登勢は険しい顔で、十四郎を見詰めてきた。

番頭があのような態度でお美濃に接してきているということは、亭主の気持ちも同じなのではないか。つまり、何か事情があって、むろんその事情というのは、亭主との不仲とかそういうことではなく、緊迫した何かが発生して、お美濃は駆け込みを計画したのではないかと、お登勢は言った。

「福田屋さんでは、お美濃さんをとても大切に扱われてきたと思われます。それは番頭さんの様子でも分かりましたし、お美濃さんの手を見れば、分かります」

「お美濃の手?」

「はい。十四郎様は男の方ですから、お気づきになっていらっしゃらないかもし

れませんが、お美濃さんの手は、お箸より重たいものを持ったことのないような、そんな気が致します」

「ふむ。そうかな。お登勢殿の手も、美しいではないか」

「まっ、十四郎様。冗談はおやめ下さいませ」

お登勢は、きゅっと睨んだ後、

「女の苦労や年齢を見るのは、顔つきもそうですが、手が一番、物語ります」

「ふーむ、そんなものか」

十四郎は、お登勢の眼力には、いつもながら舌を巻く。

そう言われてみると、清兵衛にも、商人らしからぬところがあった。

十四郎と対面した時の清兵衛には、泰然《たいぜん》として、しかも、一歩も踏み込めぬほどの気迫があった。内面に弓を張り詰めているような緊迫感が見えた。

──武家の出か……。

十四郎は、そんな印象を受けたのである。

「なんだ。いやに静かだと思ったが、いたのか」

金五がにやにやして、入ってきた。

「早かったではないか。おふくろさんの具合はいいのか」

十四郎が、近くの盃をとって、金五に手渡した。

金五は、今朝早くから、下谷《したや》の実家に波江の様子をみるために帰っていた。

「まったく、おふくろの執念には呆れたよ」

金五は、喉を潤すと、

「実はな、おふくろが蹄にかけられそうになったあの早馬はどこの屋敷のものだったのか、目星がついたとか申して、俺に苦情の一つも言ってこいなどと。参ったよ」

「あら、母上様は腰が痛くて動けなかったのではございませんか」

「それだが、女中のお初《はつ》に供をさせて町駕籠で回ったというのだ」

「まあ……」

お登勢が目を瞠って、くすりと笑った。

「笑いごとではないぞ、お登勢。俺は、あのおふくろの執念のおかげで、今までにもずいぶん迷惑しているのだ」

——さもありなん。お前だけでなく、俺たちもずいぶん悩まされている。

と、十四郎は苦笑して、

「どこだというのだ、その屋敷は」

「それが、どうやら三味線《しゃみせん》堀の西側にある山名《やまな》藩の藩邸だったとおふくろは言うんだが……聞いて回ったそうだ、あの辺りを一軒一軒、早馬を出したかどうか……。当然だが、相手はそんなことを明かす筈がない。だがおふくろが言うのには、対応した門番や藩士の顔色で分かったというのだ。まったく、そんな話を俺が真に受けて、どうこうできるか……。早馬を出した屋敷がどこであろうと、私の母親が馬のあおりで転んだなどとねじ込めるか……。一つ間違えば、俺の首が飛ぶ。ところがおふくろは、一度信じ込んだら後にはひかぬ。それをようやく、説得して帰ってきたのだ」

金五は、十四郎とお登勢を交互に見て、苦笑した。

「しかしまあ、それだけ元気だったということは、腰の痛みも大したことはなかったということだろう。良かったではないか」

「おぬしは人ごとだと思って……ああ、頭が痛い。この先が思いやられる」

金五は、頭をこんこん叩いて、ひょうげて見せた。

波江の突拍子もない言動に溜め息をつきながらも、反面、母の元気を嬉しく思っている金五である。

「で、どんな様子だったのだ、福田屋は」

すぐに金五は真顔で聞いてきた。

「うむ、それだが……」

十四郎が膝を乗り出した時、藤七が帰ってきた。

「十四郎様。あの武家二人ですが、下谷《したや》の山名藩邸に入りました」

「山名藩だと……何だ、どういうことだ」

金五が、驚いて聞いてきた。

十四郎は掻い摘んで、清兵衛に探りを入れた時の話をした。

「まてよ。すると、おふくろの勘も、まんざら見当違いではなかったかもしれぬな」

「十四郎様、福田屋さんと山名藩とのかかわり、それとお美濃さんの駆け込みに、何か関係があるのかもしれませんね」

「ふむ」

十四郎は、ふと、自身がいた築山《つきやま》藩の改易《かいえき》が決まった折の、藩邸の慌てぶりを思い出していた。

あの時も、家老は、国元に早馬を仕立てて送り出した。

急使の馬を走らせるのは、藩の存亡に関わるような大事の時。

してみると、あの武家二人は、お家の大事のために福田屋を訪れていたことになる。

もっとも、藩と商人の繋がりは、どこにでもある。珍しい話ではない。

ただ、その事と、お美濃の駆け込みと、どういう繋がりがあるのかは、見当もつかなかった。

十四郎の脳裏を、早馬とあの二人の武家と、清兵衛とお美濃の姿が、目まぐるしく駆け抜けた。

――清兵衛の真の姿が摑めれば、事の全容は解明できる。

十四郎は、見詰めていた盃にある酒を、ぐいと飲み干した。

三

その清兵衛は、白雨《はくう》が駆け抜けた夕まぐれ、柳橋の南袂に広がる小料理屋のひとつ『梅川《うめかわ》』の二階の座敷で、武家三人を相手に対峙していた。

床の間を背にして苦り切った顔で座っているのが、山名藩目付《めつけ》神谷欣左衛門《かみやきんざえもん》。

神谷を挟むようにして座り、清兵衛を睨みつけているのが、先日福田屋に現れた武士、竹中弥十郎《たけなかやじゅうろう》と中根久蔵《なかねきゅうぞう》だった。

話は決裂寸前、中断したままで、互いに相手の一言を待っていた。

「杉江《すぎえ》、どうあっても聞けぬ、そういうことだな」

神谷がその沈黙を破った。

顎を突き出すようにして、目は清兵衛を見下ろしている。傲然《ごうぜん》とした態度だった。

「殿にご恩をかけられたことを、忘れたのか」

神谷は、恫喝《どうかつ》するような口調で続けていく。

「誰のお陰で今日まで暮らしてこられたのか、胸に手をあててよく考えてみろ」

「……」

「何も難しいことではない。お前の胸一つで、山名藩二万石が救われるのだ。ここにいる竹中も中根も、かつてはお前の同輩。それを見殺しにするというのか。いや、山名藩士三百八十余名が明日は浪人となるかもしれぬのだ」

「……」

「杉江」

神谷は、返答のない清兵衛を、怒気《どき》を含んだ声で呼んだ。

清兵衛は、ゆっくりと顔を起こすと、

「神谷様。山名藩二万石の存亡を、一介の米屋に賭けられるとは、笑止《しょうし》」

毅然《きぜん》として言った。

「何」

清兵衛は、ぐいと背筋を伸ばして、神谷を睨んだ。

「このような事態を招いたのは、いったい、誰でございましょうや。私は、確かに殿には熱い御心を頂戴いたしました。しかし、藩を追われましたのも、またこれ、御心を頂戴したがためでございます」

「……」

「報恩の心、藩を追われましても、常にこの胸にあったればこそ、藩米の確保に尽力して参りました。福田屋の身代が続く限り、その気持ちに変わりはなく、殿の御心に報いる所存でございました。しかし、こたびのお話は、清兵衛、命をとられましても、お引き受けすることかないませぬ」

「杉江、言葉を慎め」

竹中が膝を立てんばかりにして、怒鳴った。

「私の才覚でできますことは、山名藩存続のための根回しに使っていただく五百両の金を上納致すこと……そのほかのことは、お引き受けかねまする」

「千両の金は融通できぬ。お美濃も渡せぬ、そう申されるのだな」

「御意《ぎょい》」

「貴様、山名藩の御法を忘れたか」

「その御法こそ悪法とも申すべきもの。先達政客《せんだつせいかく》の施政の中では失政でございまする。仁政を敷き、領民臣下の命を第一と考えることこそ大事と、私は心得ておりまする」

「誰に向かって申しておるのだ、杉江」

「お分かりいただけないのなら、これまででございます」

清兵衛は立った。

「待て、杉江清之助《せいのすけ》」

神谷が、まなじりをつり上げて、呼び止めた。

「神谷様。美濃は今は私の妻、誰にも指一本触れさせませぬ。美濃のこと、ご承知いただけぬのなら、五百両の金子《きんす》もお断り致します」

清兵衛は、畳を蹴って外に出た。

――何が藩命だ。

清兵衛は、心中怏怏《おうおう》として胸を焼かれるような不快感に満たされていた。

理不尽とも思える沙汰を、山名藩は、つぎつぎと押しつけてくる。

それに甘んじて応じてきたのは、ひとえに、お美濃と自分の生活を守るためだった。

——しかし今度は、藩命とはいえ、呑めぬ。

清兵衛は、小料理屋の梅川に入る以前に、既に心を決めていた。

こんなこともあろうかと、お美濃を慶光寺に駆け込ませてある。

こちらが別れぬと言えば、慶光寺はお美濃を寺入りさせてくれる筈だ。そうなれば、お美濃は少なくとも、向後二年の間は命をとられることはない。

——俺たち夫婦の末路は……。

自身で火中の栗を拾ったとはいえ、清兵衛は山名藩の不条理ともいえる申し出を、腹に据え兼ねていた。

見渡せば、柳橋の上も目の前を行き交う者も、屈託のない幸せな顔にみえてくる。

自分たち夫婦だけが、抱え切れぬほどの難題に押しつぶされそうになっているのだ。

藩を捨て、町人となる道を自ら選んだとはいえ、まさかこのような事態を迎えるとは、想像だにしなかった。

「旦那、駕籠いかがですかい」

両国広小路で、清兵衛は声をかけられた。

駕籠は流しのようだった。

風にあたって、ゆるゆると帰ろうと思っていたが、

「じゃあ、頼みますかな」

「ありがとうございやす」

「表南茅場町までお願いしますよ。急がなくていい、ゆっくりでいい」

「へい」

清兵衛は、駕籠の人となった。

「ちょっと……止めておくれ」

駕籠が南に向かわずに、人気のない通りに出たことは、外から聞こえてくる筈の、往来の人の気配が次第に遠のいたことで知れた。

垂れを上げると、右手に柳の並木が見えた。

「どこへ行くんだね。町の中を通って……南に行くのだ……止めなさい」

清兵衛が叫んだ。

どすん……と、乱暴に駕籠が置かれたと思ったら、

「旦那、悪く思わねえで下せえよ」

駕籠かき二人が、大慌てで、駕籠を捨てて走り去った。

——しまった。

体を駕籠から外に出そうとしたその刹那《せつな》、一方から、土を蹴る数人の足音が近づいた。

振り向いた時、黒装束の武家数人が突進してきているのが見えた。

清兵衛は急いで駕籠の外に転げ出たが、立つと同時に、傍を擦り抜けざま、黒装束が抜き放った数本の刃が走った。

咄嗟に駕籠の柄を回して、賊の急襲を躱したが、誰かの一刃が、清兵衛の左腕を斬り下げていた。

「うっ」

左腕を押さえて、走り抜けた男たちを見返した時、男たちは再びかたまりとなって、走ってきた。

——殺《や》られる。

一瞬、清兵衛は自分の最期を見たような気がした。お美濃が自分に取りすがって泣いている姿だった。

死を覚悟した清兵衛は、足を広げて立ち、刺客を迎えた。

だがその時、一方から矢のように走ってきて、清兵衛の前に立ち、向かってきた男たちに猛然と一撃を加えた者がいた。

「多勢にて、町人一人を襲うとは、許せぬ」

十四郎だった。

「塙様」

「清兵衛、間にあって良かった」

「旦那様」

ほのかな月明かりの中を、ひょこひょこと、おぼつかない足取りで番頭の周助が走ってきた。

その後から、

「十四郎様。助太刀いたします」

若衆姿の秋月千草が走ってきた。

「いったい、何者ですか」

千草が聞いてきた。

「刺客だ」

十四郎は、取り囲んだ男たちを睨めつけた。

千草も鯉口《こいぐち》を切った。すると、

「ひ、引け」

刺客たちは、すばやく薄明かりの中に消えた。

「旦那様。よくご無事で……」

周助が、清兵衛に取りすがった。

「大事ない。かすり傷だ。塙様、かたじけない」

清兵衛は、深々と頭を下げた。

四

「清兵衛殿……」

黙然として座す清兵衛に、十四郎はもう一度声をかけた。

清兵衛の左の腕は、周助と千草の手で、傷口の手当てを終えたばかりで、白い布が行灯の灯の色に映えていた。

清兵衛は、手当てした腕を抱えるようにして、先程福田屋の奥座敷に十四郎たちと入ったが、いざとなると、一連の事件の真相を語るのは抵抗があるようだった。

部屋の中には、周助も千草も同席していて、千草については、慶光寺の寺役人近藤金五とまもなく祝言をあげる人だと十四郎が告げてある。

千草は、ある旗本屋敷に出稽古に行っての帰りに偶然、柳原通りで十四郎が黒装束たちと斬り結んだのを目撃し、加勢に走ったのだと、これは清兵衛の手当てをしながら語っていた。

既に刻限は夜の四ツ（午後十時）、亥《い》の刻になろうかというところ、縁側に面した障子の隙間から、冷たい夜気が闇と一緒に忍び込んでくる。

十四郎は溜め息をつき、改めて清兵衛を見た。

「清兵衛……」

「……」

「旦那様。なにもかも、お話し下さいませ」

周助も膝を乗り出した。

「夕刻、塙様がこちらに偶然お見えにならなかったら、今頃旦那様は……。塙様は命の恩人でございますよ。私は塙様に、旦那様が梅川に参られたが、危険だという話を致しました。塙様はすぐに駆けつけて下さって、だからこそ、危ういところを助けていただいたのでございます。いえ、旦那様が、かつては藩内きっての剣術の遣い手だということは、周助、承知しております。ですが今は、旦那様は町人のなりをして無腰でございます。本当に危ないところでございました……」

周助は、清兵衛を促した。

「私が失礼致しましょう。部外者の私がいては、話をしたくても話せないこともございましょうし……」

千草が立った。

「いえ、どうぞご同席下さいませ。何からどう、お話し申し上げたら分かっていただけるのかと、思案致しておりました」

清兵衛は、意を決したように顔を上げた。

「ただ、今から申し上げますことは、山名藩の存亡にかかわりますこと、他言無用に願います」

「清兵衛、ただ、お美濃殿にかかわる問題となれば、これは、橋屋と慶光寺だけには伝えねばならぬが、それはよいのだな」

「はい」

「承知致した」

十四郎は、改まって片膝を立てると、金打《きんちょう》する動きをして見せた。

千草も同様に膝を起こすと、同じ動きをして着座した。

「ありがとうございます」

清兵衛も膝を改めると、慎重に口を開いた。

清兵衛は元山名藩の藩士で、名を杉江清之助といい、生まれたのは江戸ではなく国元だった。

当時父は徒組頭《かちぐみがしら》で百石を頂戴する上士だった。

殿様の参勤交代に常時同行する役目を担っており、江戸と国元を行き来していた。

だが、家督を継いだ清之助は、江戸藩邸の常駐を申し渡され、父が亡くなり一人になっていた母を国元においたまま、江戸に出てきて、父と同じ役職の徒組頭を拝命していた。

江戸の勤めにも慣れた、今から十年余り前のことである。

藩主、片桐《かたぎり》右京亮《うきようのすけ》は藩内の士気を高めるためと称し、藩邸内で剣術の試合を催した。

試合に勝ち進み一番になった者には、その者の希望する褒美をとらせるという触れだった。

清之助は、ちょうどそのころ母を亡くしたばかりだった。気がふさいでいた。それを見た用人が、気晴らしに出場してみてはどうかと勧めてくれたのである。

出場したのは三十余人、清之助は運よく勝ち上がって一番となった。

藩主直々に労をねぎらわれ、何でも希望を述べろと言われた時、清之助は、

「率爾《そつじ》ながら、私は、お美濃の方様を頂きとう存じます」

平伏して言った。

剣術試合上覧の会場にどよめきが起こった。

お美濃の方というのは、藩主の三番目の側室だった。

三年前に藩主の第三子、吉三郎《きちさぶろう》君を生み落とした、若く匂い立つような美しい女性《によしよう》であった。

吉三郎君の上には、一番目の側室が生んだ吉丸《きちまる》君と二番目の側室が生んだ吉次《きちじ》

郎《ろう》君がいた。

正妻は姫一人しか出産しておらず、いずれ藩主となるのは吉丸君とみられていたが、一番目の側室も、二番目の側室も、そしてお美濃も、男児を生んだ直後から、わが子と引き離されて座敷牢に閉じ込められていた。

山名藩は二万石の小藩である。

二万石といってもその領地は、東北の高地に広がる小さな盆地がすべてである。領地は毎年のように冷夏にみまわれ、米の収穫も少ない。楮《こうぞ》や三つ又《みまた》を栽培し、桑の木も植えつけて養蚕にも力を注いでいたが、収益は二万石には程遠く、家臣への俸禄の遅配借り上げは常のことで、農民町民は常に貧しさに苦しんでいた。

そういった事情もあって、先々代の時代から、男子を生んだ側室は、即刻、座敷牢に閉じ込めて、一生牢から出さないという悪法を作った。

生母が、自分が生んだ男児を頼りとして、親兄弟や親戚縁者を重要な役に就かせろとか、禄高を上げてほしいとか、便宜を計ってほしいとか、様々に注文を出してくるからである。

そういった生母の望みを叶えていくと、ただでさえ足りない藩財政に支障をきたすというのが理由だった。

藩主とともに、檻の外で暮らせるのは、正妻と、子を生《な》せなかった側室と、女子しか生まなかった側室ということになる。

牢主となった側室たちの末路は決まっていて、孤独と子供への執着で気が狂うか、怨嗟《えんさ》のうちに牢死するのが常だった。

お美濃の方は、国元の徒組小頭《こがしら》の娘で、僅か三十石の軽輩の娘だった。

幼い頃、両親に手を引かれて、杉江の家に挨拶に来たことがあり、黒々とした目の大きい、利発な少女であったのを、清之助は覚えていた。

その美濃が、国元から側室として江戸藩邸に連れてこられた時の驚きと哀しみは、たとえようもなく清之助を打ちのめした。

徒組頭として、側室の外出警護にも携わっていた清之助は、お美濃の方の姿を窺い見るたびに、胸が締めつけられた。

清之助は、せめてお美濃が男児を出産せぬようにと、祈りにも近い目で見守っていた。

だが、江戸に出てきてまもなく、お美濃は吉三郎を出産した。

母が牢に閉じ込められているとも知らずに育つ子は哀れである。

乳母を母と思い、甘えている吉三郎君を垣間見るにつけ、清之助は涙をぬぐった。

吉三郎君の目も口も、お美濃の方にそっくりだったのである。

また、子も哀れなら、一生死ぬまで牢屋暮らしを強いられる側室の前途はより過酷で、無情で、残酷だと思った。

清之助は、陰ながら胸を痛めていたのである。

助けてやりたくても、清之助など牢に近づける筈もなかった。

しかし、たまたま出場した剣術試合に勝ち進むにつれ、清之助の頭の中には、下される褒美とやらに、賭けてみようという考えが起きていた。

顰蹙《ひんしゆく》を買い、叱責《しつせき》を受けるぐらいではすまないと覚悟しての願いであった。

清之助は、あちらこちらから聞こえてくるざわめきを、両耳に捉えながら、平伏したまま藩主の言葉を待った。

やがてぴたりと人の囁きも絶えたかに思えた時、藩主の声が清之助の頭上に降りた。

「よきにはからえ」

再び会場はどよめいた。

「はは……」

清之助が顔を上げた時、すでに藩主右京亮の姿はなかった。

「それが、私たち夫婦が結ばれた経緯でございます」

清兵衛は、ほのかに揺れる灯の陰りの中から、じっと、十四郎を見詰めてきた。

凝然として聞いていた十四郎も、清兵衛の憂いを含んだ目を、しっかりと捉えていた。

「それで、町人になったと申されるのか」

「はい。藩を出て、まったく別の人間として生きよと、それが藩命でございました」

だが、町人となった清兵衛に近づいてきたのは、藩の方だった。

清兵衛が、細々と米屋を始め、やがて米問屋になった時、破格の値段で藩米をおさめるようにと言ってきた。

その年、山名藩は未曽有《みぞう》の不作で、餓死者が出るほどの飢饉であった。

もとより国元の窮状は、幼い頃から知り尽くしていた清兵衛である。

江戸で米屋を開いたのも、いざという時には、国元の民を助けてやりたいという信念があったからだ。

清兵衛は、それまで蓄積していた財を投じて、江戸の藩米を満たし、国元にもお救い米を送ったのである。

ところがこれがきっかけとなり、清兵衛と山名藩とは、切っても切れぬ仲となっていく。

「それは、よろしいのです。私は、私財を増やそうなどという気持ちはもうとうありません。お美濃を拝領した恩は、生涯忘れないつもりでおりましたから……」

ところが先日、今年の春、藩主になったばかりの吉賢《よしたか》公が急死した。吉賢公は、右京亮の次男で、幼名吉次郎君だった人である。

次期藩主と目されていた長子の吉丸君は、十年も前に夭逝《ようせい》していた。

父君の右京亮は、吉次郎君を跡目《あとめ》として幕府に届けていて、右京亮が逝去するとすぐに、吉次郎君が名を吉賢と改めて二万石を相続したが、妻帯もせぬうちに、藩主の座にあること数か月であっけなく父君の後を追ったのである。

藩の重役たちは、慌てた。いずれ吉賢が妻帯し、その子が跡目を継ぐことになると考えていたからである。

かくなるうえは、吉賢公の死を隠し、その間に、吉賢の養子として末弟君の、お美濃が生んだ吉三郎君を立て、幕府に届け、跡目相続願いを受理してもらわなければ御家は断絶となる。

吉賢公逝去の知らせは、先日急使によってすぐに国元に知らせたばかりだが、藩は一連の相続を滞りなく行うには、しかるべく幕閣に根回しし、養子届け、吉賢逝去、吉三郎君跡目相続と、順を追って届けを行う段取りだった。

しかし、幕府の要人たちにばらまく金がなかった。金がなければ、既に吉賢逝去の事実を知られた時には、四角四面に御家断絶を唱えられる。金を渡しておけば、そこはそれ、内情が知れたところで手心を加えてくれる。

藩の断絶は回避できるのである。

幕閣に撒《ま》くその金を、清兵衛に出してくれと言ってきたのであった。

その額千両。

「今までにも、無利子無担保で、手一杯援護して参りました。それがなければ、千両の金も融通できたと存じますが、この春の右京亮様ご葬儀の折にも拠出しておりまして、いまはとても、福田屋にできる金子ではありません。それを申し上げましたところ、突然、お美濃のことを持ち出して参ったのでございます」

「何と申して参ったのだ」

「藩邸に戻せと……市井で生きているのはまずいと……座敷牢に戻せということです」

「無体《むたい》な……」

「言うことを聞かなければ、お美濃の命は狙われる。それで、急遽駆け込みをさせたのでございます」

清兵衛は、太い溜め息をついた。これで、慶光寺に受け入れを拒否されれば、万策尽きると、不安な表情を見せた。

「仔細はよく分かりました。十四郎殿、お登勢、すぐにお美濃さんとやらをこれへ」

万寿院は、手にあった紫水晶の数珠をぎゅっと握り締めると、報告にあがった十四郎とお登勢に言った。

十四郎とお登勢は、ほっとして見合った。

事は急を要すると判断した十四郎とお登勢は、まず万寿院に、寺内でお美濃を匿《かくま》ってほしいと嘆願したのである。

本来ならば、お美濃は慶光寺で預かることも、寺入りも許されない女である。

慶光寺は縁切り寺で、縁を切る気もない者を匿える訳がない。

それは橘屋も同じことだった。

だが、お登勢は、

「女の一生をもてあそんだばかりか、ただ一つの命まで奪おうとするなんて、許せません」

きっぱりと言い、立ち上がると、

「十四郎様」

十四郎を促して、早速、慶光寺の方丈《ほうじょう》に走ってきた。

慶光寺の主である万寿院は、先の将軍家治《いえはる》の側室だった人である。

しかもかつての老中松平定信《まつだいらさだのぶ》、今は隠居して楽翁《らくおう》と名乗る人との繋がりも深く、楽翁には何度か、駆け込み事件解決の助言や援護を、十四郎たちも受けてきている。

ここは、万寿院に頼り、それで駄目なら、楽翁に直々に相談するしかないと、お登勢は咄嗟に考えたようだった。

お登勢のそんな気持ちを、万寿院は話を聞き終わるや、聞き入れて承知してくれたのである。

常に笑みを湛え、慈母観音《じぼかんのん》のような表情をしている万寿院が、今度ばかりは、険しい表情をみせていた。

「急ぎなさい」

傍に控えていた春月尼が万寿院に促され、膝を起こしたその時、藤七が走ってきた。

「お登勢様……」

藤七は、暗い顔をして、庭先からお登勢を呼んだ。

「お美濃さんが自害しようと致しまして」

「まことか」

聞きつけた万寿院が、縁先に走り出た。

「かまわぬ。申せ」

「はい。お美濃さんは、懐剣を忍び持っていたようでございまして、それで喉を突こうとしているところを、私が偶然見つけました。いま仲居たちに見張らせております」

「大事がなくてよかったこと……藤七、いま春月尼を呼びにやろうとしていたところです。すぐにお美濃さんをこちらへ」

橘屋に藤七が取って返すとすぐに、外出先から帰ってきた金五に連れられて、お美濃が現れた。

お美濃は、白装束だった。

「お美濃殿。命を捨てればそれで終わりということにはなりませんぞ。なぜそのことが分からぬのじゃ」

万寿院は、平伏したお美濃を叱った。

「万寿院様……」

お美濃が切ない顔を上げた。

「近藤殿も、橘屋の者たちも、みな、あなたのことを案じて策を巡らしているのではありませんか」

「申し訳ございません。なにもかも、私から出た災いでございます。夫清兵衛は、私と一緒になったばかりに、苦労の連続でございました。そのお陰で十余年の間、私は幸せでございました」

お美濃は、言葉を詰まらせた。

少女の頃に両親に連れられて、杉江の屋敷を訪ねた頃から、お美濃の胸には、清之助の姿が常に宿っていたのである。

藩主に召し出され、側室となっても尚、清之助を心のどこかで、慕い続けていたのである。

座敷牢に入れられて、これですべてが終わったと悲愴な日々を送っていたお美濃が、拝領妻として藩主から清之助に下されると聞いた時、お美濃は夢のような心地がした。

「生きてさえいれば、わが子の成長も、遠くから窺い知ることもできる。一緒になったその夜に、清兵衛はそう申してくれました。武士を捨ててまで私を思いやってくれた夫に、これ以上の迷惑や苦労はかけられません。まして私のために、もしも命を落とすことがあってはと……」

「馬鹿なことを……そなたたち夫婦は、既に姦計《かんけい》にはまっていることが分からないのですか。そなたが死んでも清兵衛殿の命、助かるとは思えません。それに、自ら命を落としては、悪法を認めることにはなりませんか」

「万寿院様」

「今までの清兵衛殿の苦労を、なんと心得ている」

万寿院の声は厳しかった。

十四郎もお登勢も、そして金五も、息を呑んで二人のやりとりを見守っていた。

「そなたは、このままでは、女として悔しくありませんか」

「………」

「それに、吉三郎君がいつかそなたのことを耳にした時、なんと思《おぼ》し召《め》されるか」

「吉三郎君……」

お美濃の黒い双眸に、にわかに盛り上がり光るものが見えた。

「生きて生きて、吉三郎君の名君ぶりを見届けて差し上げることこそが、母なるそなたのお役目ではございませんか」

「万寿院様……」

お美濃は、頭を下げた。

「本日いまより、お美濃殿は私が預かります」

万寿院は凜然として言った。

五

「いつまで待たせるのだ」

金五は、尖った声で言い、膝を崩すと胡坐《あぐら》をかいた。

下谷にある山名藩の客座敷に通されて、既に四半刻《しはんとき》（三十分）ほどが経っていた。

山名藩は、三味線堀に東西にかかる轉軫橋《てんじん》の西詰にあった。このあたりは堀を囲むようにして、周囲は藩邸や武家屋敷が立ち並ぶ閑静な場所である。

十四郎と金五が橋をわたった時、橋の西袂にある大きな桜の木が、池の中に黒い影を落としていて、静かな夕景をつくっていた。

この頃はめっきり、日の陰りが早い。

二人が座しているこの座敷にも、先程燭台が運ばれてきたところをみると、外は既に暮れてしまったようだった。

灯のなかった部屋に燭台が持ち込まれるほど待たされている。金五が腹を立てるのも無理はなかった。

金五は、苛々とかいていた胡坐を起こして立ち、

「何をしているのだ」

障子に歩み寄って手をかけた時、小走りする音が聞こえ、その者が廊下に蹲った。

「お待たせ致しました。ただいま、目付の神谷様が参られます」

金五があわてて元の場所に着座すると、障子が開いて、慇懃《いんぎん》な面付きをした中年の武家が入ってきた。

「目付の神谷でござる」

神谷は、十四郎と金五の前に悠然と座した。額も頬もやけに色艶がよく、てかてかと光っていた。

「縁切り寺慶光寺の主、万寿院様のお使者と承ったが、何用でござるかな」

見詰めてきた瞳の奥には、陰険な光が宿っていた。

「お美濃殿のことでござるよ、神谷殿」

金五が冷笑を浮かべて、神谷の顔を窺った。

「お美濃殿……」

神谷の顔色が変わった。

「お美濃殿は万寿院様がお預かりになられる。今後指一本触れさせはせぬと、万寿院様の仰せでござってな。そのことを伝えに参ったのだ」

「はて、どこかで聞いたことのあるような名でござるが、さあて、どこの女子であったのか……」

神谷はわざとらしく、顎を撫でながら、十四郎と金五から目を逸《そ》らして天井を仰いでみせた。

しかしその頬は凍りつき、張りついた板のように表情を失っていた。

「清兵衛は、女房殿が命を救いたい一心で、縁切り寺に駆け込ませたのだ。だがそのお美濃殿は自害しようとした。なぜだかお分かりだと存ずるが……」

「町人の夫婦のもめごとなど、当家には関係ございませんな」

「知らぬとは言わさぬ」

金五は、厳しい声で言った。

「貴殿が清兵衛に放った刺客を追っ払ったのはつい先夜のことだ。それも忘れたといわれるのか」

十四郎が言った。

「何」

神谷が、ぎらりと十四郎を見た。

「神谷殿。我々はすべて承知の上で参ったのだ。御当家で起きている一大事も……それがために苦肉の策を弄しておることも……そのことが、御公儀に知れれば、御家存続に支障をきたすことも」

十四郎は、静かに言った。

神谷が、何か口ごもった。不明瞭な言葉だったが、口もとがわななないていた。周章狼狽《しゅうしょうろうばい》して、応ずる言葉が浮かんでこないようだった。

「しかし、これ以上陰謀をめぐらせば、御当家のためにも、むろん御貴殿のためにもならぬと存ずるが、いかに……」

「……」

「それとも、山名藩は、かくかくしかじかであると、世間に知れてもよいと申されるか」

「お、脅すのか、貴様ら。何が目当てだ」

神谷は、頬を引きつらせて言った。

「清兵衛夫婦から手を引いていただく。それが条件だ」

十四郎は、神谷を睨《ね》めつけた。

神谷にはぐうの音も出ない筈だった。

藩主の急逝による混乱はともかくも、清兵衛にふっかけた千両という額の中には、神谷、神谷にくっついて夜の街を遊び歩いた藩士たちの分を含めた遊興費三百両が含まれている筈だった。なにはともあれ第一に、その金を奪い取ろうという悪巧みがあったことを、その後の調べで、十四郎たちは摑んでいた。

「小料理屋『佳乃屋《よしの》』はご存じでござるな」

十四郎は、聞いた。

神谷は、両国橋東詰にある庭園に贅《ぜい》を尽くした料理屋佳乃屋に、部下や朋輩とたびたび上がって、百両近くの付けを残したままになっていた。

「両替商『上総屋《かずさ》』も、頭から離れることは、ござらぬのではないかな」

上総屋には百五十両以上の借金があった。

藤七が上総屋に聞いたところ、元金が百五十両あったというから、利子を含めると百六十両にはなっている筈だ。

青い顔をして震えている神谷に、十四郎は、更に畳みかけるように続けた。

「深川の『玉屋《たま》』の芸者で、染吉《そめきち》はいかがか……」

染吉は、神谷の囲い女であった。

藩邸の用人が、他藩とのつきあいに投じる金は、いずれの藩も多額の金子を要していて、藩庫を圧迫していたが、二万石の目付ごときが、お役向きで料理屋に大金をおとす理由などない。

すべて、神谷が使った金は、自身の食欲淫欲を満たしたいがためのものだということは明白であった。

清兵衛の話から類推するに、山名藩は二万石とはいえ、領地からあがる収益は、雑穀その他を含めても、一万五千石ほどのものであると知れている。たとえ二万石あったとしても、藩庫に入るのは、四公六民で、ざっと勘定しても八千石、金にして八千両である。

これで、家臣の給与、治政上の諸経費、藩主の諸費用を捻出することになり、藩主の費用は一割弱、山名藩の場合は八百両足らずであった。

そのうちから、江戸藩邸の費用七、八割と見積もって、およそ五、六百両、国元は二、三割の二、三百両で賄わなければならなかったのである。

江戸の大商人は、一日でざっと六、七百両は稼ぎ出す。

そういうご時世に、大名とはいえ小藩は、参勤交代の費用も捻出できず、節約に節約を重ねているその時に、臣下の神谷が藩の上役たちの目を盗み、できない贅沢を繰り返し、多額の借財を負っていたのである。

質《たち》が悪いのは、神谷が目付であったことだ。

目付は藩士の日常を管理監督するのが役目、藩士は報復を恐れて、神谷に苦言を呈することも、上に訴えることもできなかったのではあるまいか。

今まで清兵衛に拠出させた多額の金も、おそらくは、藩主や国元に全額送られることはなく、ピンハネして、着服していたに違いなかった。

神谷がそういった虚飾に走れたのは、江戸藩邸の用人はむろんのこと、勘定奉行も、ひょっとして家老まで毒されているのかもしれないという恐れまであった。

藩主の側室まで座敷牢に閉じ込めて、その一族の優遇を排斥しているにもかかわらず、神谷は、藩や藩主の窮乏を清兵衛に訴えて、おのればかりがいい思いをしていたということになる。

「神谷殿、ご返答を」

十四郎は、迫った。

神谷は、袴の上に置いた手に拳を握ると、脂汗を垂らして言った。

「わ、分かった」

剝いた両目は、真っ赤に血走り、その目で十四郎を睨んできたが、十四郎と金五が座を立つと、がっくりと肩を落として見送った。

「策士策に溺れるとは、神谷のことだな」

山名藩を出た金五は、苦笑した。

一帯は武家の屋敷ばかりで、足元を照らすのは、淡い光だけだった。

三味線堀は黒々とした闇をたたえていて、水の動きもあるかなきかに思われた。

十四郎は、天を仰いだ。

弓張月《ゆみはりづき》が静かに姿を見せていた。

二人は、藩邸の前を走っている大路を南にとった。

三味線堀に続く堀の水は、松平下総守《まつだいらしもうさのかみ》の屋敷を囲むようにして東に切れ、隅田川に至る。

人けのない大路を、二人はしばらく黙って歩いた。

一つの仕事を終えたひとまずの安堵《あんど》感があった。二人の踏み締める足音が、静寂な夜の道に、心地好く響いていた。

——これで、清兵衛夫婦は救われる。

苦節十余年、お互い、想い人と結ばれたとはいえ、いつか二人の仲が壊されるかもしれないという恐れを、清兵衛夫婦は抱いてきた。

それも今夜で終わりを告げる、そう思った。

俄かに灯の光で明るくなった久右衛門町《きゆうえもんちよう》を通り抜け、神田川に架かる新シ橋を渡り切った時、背後と、両脇の柳原堤から、降って湧いたように、集団が迫ってきた。

いずれも白い鉢巻きに、白い襷姿であった。

「十四郎」

金五が叫んだ。

「うむ」

「神谷の奴、謀ったな」

二人は、柳原通りに走り出た。

黒い集団は、三手から瞬く間に走りより、十四郎と金五を取り囲んだ。

「こ奴たちを生かしておけば、わが藩は断絶になるぞ。帰してはならぬ。殺せ、殺せ」

叫んだのは、神谷の腰巾着、竹中弥十郎だった。

「馬鹿な。刀を引け。お前たちは目付神谷に踊らされているのが、分からんのか」

金五が叫んだ。

「黙らっしゃい。斬り捨てろ」

一団の前に出てきたのは、中根久蔵だった。

その声で、総勢三十名ばかりが、一斉に刀を抜いた。

鞘走る音が、人気のない路に不気味に響いた。

「一人十五人か、手強《てごわ》いな」

金五が呟いた時、円陣を組んでいた輪が乱れた。

左右から、鋭い剣が飛んできた。

十四郎は刀を峰に返して、左から斬りこんで男の剣を撥ね上げると、下ろす刀で、その男の額を割った。

「わっ」

男は悲鳴を上げて、転がった。

「金五、二手に分かれるぞ」

「よし。右手の十五人は俺が撃つ」

二人は、右と左に走った。

切っ先を下げて、十四郎が小走りに左に走ると、およそ十五人ばかりが、軽い足取りで追ってきた。

十四郎は足場を確かめると、静かに正眼《せいがん》に構えて立った。

じり、じりっと、十四郎を囲んでいる輪が迫ってくる。

正面の男が、緊迫した空気を破るように、がむしゃらに飛び込んできた。

十四郎が難なくその男の剣を払い落とすと、右手の大男が大声をあげて突いてくるのが見えた。

十四郎は、迎え撃つように走った。

大男と一合《ごう》してやり過ごし、振り返りざま、大男の背中を打った。

重たい肉の塊の落ちる音がした。

「ひるむな。斬れ、斬れ」

竹中が、輪のむこうから叫ぶ。

「分からぬ奴め」

十四郎が左右に目を配った時、金五の叫びが聞こえてきた。

「金五」

右手むこうに見える輪に向かって、十四郎が叫んだ。

「大事ない」

金属の打ち合う音が途絶えた時、金五の昂《たか》ぶった声が返ってきた。

声の無事を確かめて、じりっと、今度は十四郎の方から踏み出した。

「もう一度言う。お前たちは神谷に騙されている。俺たちは貴公たちの藩を、どうこうしようとして訪ねたのではない。怪我をせぬうちに手を引くんだ」

十四郎は、もう一度、迫る男たちに叫んでいた。

囲みの輪が、一瞬ひるんだかに見えた。だが、刀を構えたまま、一人として動かなかった。

対峙したまま、緊迫した時間が過ぎる。

と、緊張に耐えられなくなったのか、男たちが一斉に飛んできた。

十四郎は、後ろに飛び退いて、前からの攻撃をすばやく躱すと、左右から斬り込んできた刀を、一刀、また一刀と撥ね上げた。

刀がきらりきらりと、青い光を放ちながら、空に飛んだ。

それを見届けるまもなく、十四郎は次の襲撃に備えて腰を落とした。

「ええい、退《ど》け」

今まで叱咤する声をあげていた竹中が前に出た。

その時であった。

「待たれよ、皆のもの、刀を引け」

新シ橋を、北のほうから、家来二、三人を引き連れて、初老の男が息を切らして走ってきた。

「ご家老」

誰かが叫んだ。

「竹中、みなに刀を引かせるのだ」

「しかし、ご家老」

「引け……神谷は、たったいま蟄居謹慎《ちっきょきんしん》となった。速やかに刀を引け」

「ご家老、なぜです」

藩士たちが、抜き身を後ろに回して、家老と呼ばれた初老の武家の前に片膝をついた。

「よく聞け。さきほど、さるお方から御状が届けられた。吉三郎君跡式相続の一件は安堵されたし……と」

「まことでございますか」

藩士たちは、驚きの声を口々に上げた。

「お名はそなたたちには申せぬが、いまだ幕閣に強い力をお持ちの方でな、御状はここにある」

家老は胸を叩いてみせた。その懐からは、真白い書状の頭がのぞいていた。

「先にわが藩が提出した、吉賢様の病気届け、危篤届け、吉三郎様の跡目届け、すべてご老中様もご承知の由とな」

「ご家老！」

「相沢《あいざわ》様……」

藩士たちは口々に叫び、中には感きわまって、泣き出した者もいた。

「今まで、なんの繫がりもなかった当藩に、そのお方が、ご温情あふれる御状を下されたのは、みな、そこにおられる方々のおかげ、襲うなど以ての外だ」

家老の声は静かだが、腹に染み入るような声だった。

藩士たちの目が、一斉に十四郎と金五に注がれた。

家老が、ゆっくりと二人に歩み寄った。

「山名藩江戸家老、相沢頼母《たのも》でござる」

相沢家老は、十四郎と金五を交互にじっと見詰めた後、両足を開いて、頭を下げた。

六

蓙打《ござうち》の、八つ打紐結びの御忍駕籠《おしのびかご》が、供の者わずか十人足らずで、築地《つきじ》の楽翁屋敷『浴恩園《よくおんえん》』に入ったのは、良く晴れた昼下がりだった。

駕籠の傍に、ぴったりとつき従っているのは、あの初老の相沢家老であった。

式台《しきだい》の手前で駕籠から降り立ったのは、元服したばかりの吉三郎君、新藩主となった吉央《よしひさ》公であった。

月代《さかやき》も青々として、銀杏髷《いちょうまげ》も初々しく、色白く、目元のすずやかな男子であった。

男子といっても、跡目のために早々に元服したばかりの、御年十六歳、まだ少年といっていい。

その吉央が、浅葱《あさぎ》色の熨斗目《のしめ》に、丸に月星の御紋を入れた裃《かみしも》を着けて式台に立った時の凛々しさは、出迎えた者たちの溜め息を誘った。

奥に通され、楽翁の前に手をついた吉央に、楽翁は目を細めて頷いた。

「こたび、山名藩、跡式相続につきましては、格別の御温情と御援護を賜りました。吉央、一生忘れませぬ。ありがとうございました」

吉央は、よく通る声で述べ、顔を上げた。

座敷の片隅では、家老の相沢が感激のあまり目を潤ませ、畏まって手をついていた。

「固い挨拶はここではいらぬよ、吉央殿」

楽翁は、脇息《きょうそく》に肘をおいて、微笑みながら優しい声をかけた。小袖に胴服《どうぶく》というくだけた格好の楽翁である。

爺さんが孫を迎えたような、そんな楽翁の配慮がみてとれた。

「はは」

畏まって頭を下げる吉央に、楽翁はまた口元を綻ばせる。

「いやいや、今日そなたをお呼びしたのは他でもござらぬ。わが屋敷の庭園をご覧に入れようと思ってな。そうじゃ、池に舟を浮かべて、魚釣りでもいかがかな」

「有り難き幸せにございます」

緊張していた吉央の顔が、ふっと和らいだ。

楽翁は早速舟を用意させ、船頭役の家士の他は吉央のみを乗せ、湖のような瓢箪池《ひょうたんいけ》に繰り出した。

そこまでの成り行きを、十四郎も金五も、楽翁の家士と並んで見守っていた。

金五は、楽翁の屋敷に呼ばれたことで、頬を上気《じょうき》させて緊張していた。

広い庭の木立のむこうに、漕ぎ出した舟が見えた。

浴恩園の池は、瓢箪のくびれた部分を造るために、池の中央両端の岸辺から、散策の路が延びていて、松並木となっていた。

そしてその道が出会う箇所には、長さ三間、幅一間程の橋が架けられ、瓢箪の左右の水は、ここで繋がっていた。

瓢箪池といっても、湖のような池である。その池のまわりには、桜の木や紅葉といった季節を楽しむ樹木が植わっていて、紅葉の木の葉は、ぽつぽつ色付き始めていた。

その池を、楽翁は舟をあっちにやったり、こっちにやったりして、吉央と釣糸を垂れていた。

こちらから見ていると、釣糸を垂れながら、しきりに楽翁は吉央に話しかけていた。

釣りをしているというよりも、密談をしているといった感じで、舟上の緊迫した空気は、刻々池の水面を走り、十四郎や金五や、相沢家老に伝わってきた。

三人は、息を凝《こ》らして見詰めていた。

やがて、静かだった池に、吉央の笑い声が立った。

まもなくだった。

舟は、十四郎たちが待機している芝生の庭に静かに近づき、着けられた。

家士たちが飛び出して出迎えると、吉央が先にぴょんと飛び降りて、楽翁の手をとって導いた。

「くっ……」

相沢家老が、横を向いて感涙に咽《むせ》ぶ。

庭に降り立った楽翁は、思い出したように吉央に言った。

「そうだった。吉央殿。野点《のだて》の用意がしてござる。こちらへ」

「不調法《ぶちょうほう》ですが、よろしくご指南下さいませ」

吉央もなかなかの返答ぶりである。

「吉央殿じゃ。うまい茶を頼むぞ」

楽翁が濃紺の毛氈《もうせん》に入り、控えている二人の女に告げた。

女二人は、腰を折って両手をついている。

お登勢とお美濃だった。

お美濃が釜の前に座り、お登勢は介添え役でついていた。

白鼠《しろねず》の綸子《りんず》に秋の七草を裾まわりに施している小袖を着たお美濃と、紅藤《べにふじ》色の無地の縮緬《ちりめん》を着たお登勢が毛氈に座す景色は、しっとりとした美しさを醸《かも》し出していた。

「少々年はくっているがの、こちらは、わしのお茶道の友達だ、ん」

と、楽翁はお登勢を紹介し、

「で、こちらの婦人は、懇意にしている米問屋『福田屋』の内儀でお美濃と申す者……」

「福田屋のお美濃……」

吉央の顔が硬直した。目を見開いて、お美濃を見詰める。

「存じておるかどうか、福田屋は山名藩の御用達を承っているそうじゃ」

楽翁は、しらっと事も無げに、お美濃を吉央に紹介した。

「無事、跡目相続なされましたこと、おめでとうございます。心よりお祝い申し上げます」

お美濃は言い、顔を上げた。

凝然として見詰めていた吉央と目が合った。

「ご立派にご成長遊ばされました。亡き父君様もさぞや、ご安堵のことと存じあげます」

お美濃は声を詰まらせた。

「美濃と申したな……」

「はい」

二人はそれで、また見詰め合った。

長い時間、時が止まったかのようだった。

池の水面の輝きが吉央の黒々とした瞳に映えて、それがお美濃の瞳に照りうつり、濡れたように光っていた。

「十四郎……」

金五が赤い目をして、十四郎を見詰めてきた。

「まさか、皆様にこのような盛大なお祝いをしていただけるなんて、考えてもみませんでした。金五は幸せ者でございます」

波江は、頰を赤く染めて、十四郎やお登勢の席にやってきて、礼を述べた。

三ツ屋の二階は、すべて戸を取り払って、お登勢が婚礼の後の宴を設けたのである。

金屛風の前には、緊張した金五が、終始笑みをたたえて座り、傍には秋月千草が、紅葉の照り映えるあざやかな小袖を着て座っていた。

女の姿になった千草には、また格別の美しさがあった。

「今後ともよしなに、お登勢殿、十四郎殿」

上機嫌の波江は、二人の盃に自ら銚子をとって、酒をすすめた。

注ぎながら、ちらと金屏風の前の二人を見遣って、

「私は、ひょっとして、千草殿が若衆姿で嫁入りしてくるのではないかと、ひやひやしておりました」

思い出して、ふふふと笑った。

二人の婚礼は、夕刻、下谷の組屋敷の近藤家で、身内の者と十四郎とお登勢が列席して、ささやかに行われている。

千草に親がいないことや、しばらくの間別居して暮らすために、嫁入り道具の搬入もないことから、そういう形をとった。

だが、白無垢《しろむく》の千草が、しずしずと近藤家の玄関をくぐった時は、近隣の家からのぞきにきていた人たちの間に、ためいきが漏れた。

この日より少し前に、近藤家から千草の道場に、家内喜多留《やなぎたる》、志良賀《しらが》、勝男武士《かつおぶし》、寿留女《するめ》、小袖、帯などの結納品が贈られていた。

そして今日、祝言となった訳だが、あれほど、不安や愚痴をこぼしていた波江が、いざとなると一番はしゃいでいるように見えた。

夫を亡くした後の波江の喜びは、金五の幸せだったのである。

千草も波江の性格は心得ていたようで、今日は侍言葉も使うこともなく、神妙な女子の言葉を使っていた。

それが波江の心を、一気に解きほぐしたようだった。

形式的な式は近藤家で行って、みな町駕籠を連ねて、三ツ屋に移動してきたのである。

波江は、お登勢のはからいに驚嘆していた。

京会席の料理の見事さもさることながら、宴席には、松波孫一郎や柳庵、剣術の友、十四郎の長屋の大家である八兵衛《はちべえ》に至るまで、大勢の人たちが参列した。

千草の道場の門弟たちも列席し、これが花を添えた。なにしろ、旗本やご家人や、商家の娘たちが多く、うち揃って並ぶ小袖のあでやかさは、見事という他ない。

「へっへっへっへっ、ではせっかくでございますから、私がひとつお目出たいお歌を……はい」

顔を真っ赤に染めた八兵衛が立ち上がった。

お世辞にも上手とはいえない声で、がなり始めた。

十四郎は、お登勢と見合わせて、吹き出した。

じっと八兵衛のだみ声を聞きながら、十四郎は、清兵衛とお美濃のことを考えていた。

お美濃は数日前に福田屋に帰っている。

山名藩跡目相続の一大事も、楽翁の後押しで無事決着がついた。

それは先日、浴恩園に新藩主の吉央が招かれたことでも承知しているが、どうやら楽翁は、治世とは何かということを、吉央に伝授したらしい。

吉央は、側室を牢屋にとじこめるなどということは、向後取り止めると楽翁に約束したらしい。

野点の茶席で、十六年ぶりに吉央とお美濃が再会できたのも、楽翁の温情だった。

吉央は、お美濃を我が生母と知っていたに違いない。

名乗れぬ母子の切なさは、はたから見ていた十四郎にも胸迫るものがあった。

だが、生母が生きて幸せに暮らしていることを知った吉央は、人にとって何が大切か、これからの藩政にきっと役立てるに違いない。

吉央は、百姓の生活を向上させるために、漆《うるし》の木の栽培に着手するという。

藩庫を潤すためでなく、百姓の生活のための殖産事業だと、吉央は家臣の前で堂々と言ったという。

おそらく、楽翁が伝授したものと思われるが、先々が楽しみな吉央の藩主ぶりである。

十四郎は思い出すたびに、胸にあついものが駆け抜ける。

「十四郎殿、十四郎殿」

呼ばれていることに気づいて、顔をあげた。

すっかり出来上がった波江が、ふらふらとやってきて、十四郎の前に座った。

波江は、へらへら笑って、言った。

嫌な予感がした。

「今度は、あなたですからね、十四郎殿。私があなたの母上様のかわりになって、三国一の嫁御をお世話してさしあげます」

「いえ、それは……」

「遠慮はいりませんよ。金五が妻帯すれば、私、暇を持て余します。考えることがなくなります」

「いえ、本当に、お気持ちだけで」

「いいえ、そうします。ねえ、お登勢様、そうでございましょ」

波江は、返答をお登勢に振った。

「はい、母上様のおっしゃるとおりです」

「ほら、ごらんなさい。そういえばあなた、いつだったか、私に言ったでしょ。いい女子がいたら、よしなにと」

「あら、十四郎様がそんなことを……」

お登勢は言い、きゅっと、十四郎を睨んできた。

「お登勢殿も勘弁してくれ」

これはえらいことになりそうだ。十四郎は母親然としてこちらを見てほほ笑んでいる波江を見て、ぞっとした。

二〇〇三年九月　廣済堂文庫刊

光文社文庫

長編時代小説
おぼろ舟《ぶね》 隅《すみ》田《だ》川《がわ》御《ご》用《よう》帳《ちょう》(五)
著者 藤《ふじ》原《わら》緋《ひ》沙《さ》子《こ》

2016年9月20日 初版1刷発行

発行者 鈴木広和
印刷 堀内印刷
製本 ナショナル製本

発行所 株式会社 光文社
〒112-8011 東京都文京区音羽1-16-6
電話 (03)5395-8149 編集部
8116 書籍販売部
8125 業務部

ISBN978-4-334-77355-7 Printed in Japan

組版 萩原印刷

佐伯泰英の大ベストセラー!

夏目影二郎始末旅シリーズ 堂々完結!

「異端の英雄」が汚れた役人どもを始末する!

決定版

(一) 八州狩り
(二) 代官狩り
(三) 破牢《はろう》狩り
(四) 妖怪狩り
(五) 百鬼狩り
(六) 下忍《げにん》狩り
(七) 五家《ごけ》狩り
(八) 鉄砲狩り

決定版

(九) 奸臣《かんしん》狩り
(十) 役者狩り
(十一) 秋帆《しゅうはん》狩り
(十二) 鵺女《ぬえめ》狩り
(十三) 忠治狩り
(十四) 奨金《しょうきん》狩り
(十五) 神君狩り

夏目影二郎「狩り」読本